◆◆ 中国文学名家小小说精选丛书

妈妈的味道

王立红 著

江西高校出版社
JIANGXI UNIVERSITIES AND COLLEGES PRESS

南 昌

图书在版编目（CIP）数据

妈妈的味道 / 王立红著 . -- 南昌：江西高校出版社 , 2025. 6. -- (中国文学名家小小说精选丛书).
ISBN 978-7-5762-5584-3

Ⅰ . I247.82

中国国家版本馆 CIP 数据核字第 20241AU295 号

责 任 编 辑　姜旭东
装 帧 设 计　夏梓郡

出 版 发 行　江西高校出版社
社　　　　址　江西省南昌市新建区工业二路 508 号
邮 政 编 码　330100
总 编 室 电 话　0791-88504319
销 售 电 话　0791-88505090
网　　　　址　www.juacp.com
印　　　　刷　鸿鹄（唐山）印务有限公司
经　　　　销　全国新华书店
开　　　　本　650 mm×920 mm　1/16
印　　　　张　13
字　　　　数　160 千字
版　　　　次　2025 年 6 月第 1 版
印　　　　次　2025 年 6 月第 1 次印刷
书　　　　号　ISBN 978-7-5762-5584-3
定　　　　价　58.00 元

赣版权登字 –07-2024-969

序

袁炳发

用杨晓敏先生的话说，"小小说是平民的艺术"。这句话已经被小小说界奉为圭臬。它的一般意思是指小小说的主题和形式应该是最亲近老百姓的，最为老百姓所接受，最为老百姓所喜闻乐见。这句话给理解小小说一个很明朗的通道，那就是我们倡导的小小说的主题一定要十分宽泛，一句话，应该包罗万象，把整个与老百姓相关的世态人情尽数包揽。在反映现实生活的同时，传递思想能量。对，传递思想能量，给广大的读者以精神的力量和内心的启迪。那么从这个意义上说，这个文体虽然是亲民的，但文本并非容易的；小小说是大众的、通俗的，但并不是平庸的、烂俗的。一般来说，小小说之外的人，往往有个误解，以为一千多字的文本，极其容易操作。殊不知，小说的意味并不是字数决定的，或者相反，越是字数少，越受限，越有难度。比方说中长篇，总有机会和余裕做各种迂回或者躲闪，但小小说就没有这样的余地，它必须一鼓作气找到故事的同时找到意味。所以，作为小小说的写作者，大家都十分重视自己的文本建设，而不是紧紧盯着故事本身。

说这么多，铺垫至此，实在是要以王立红小小说文本为例的，以此证明小小说文本的重要性。

我认识王立红也是因为小小说，我比她年长很多、早写些年份，因此，对小小说这个文体更熟悉一些，所以，我们经常交流，她有时候有问题也会问我，写了小小说常常给我看看。这么多年一直亦师亦友，双方都在这样的交流中收获颇丰。我算是看着她一步一步把小小说写作，从初期的稚气或者生疏，到如今成熟、有创意。对她小小说文本的特色有比较多地理解。

首先，我觉得王立红小小说最突出的特点是她有鲜明的文本意识。这主要是说她写小小说的确是按着小说的方式来写的，无论是结构还是叙事都具有很高的文学性。比如说她的小小说《妈妈的味道》，实际上是一个非常简单的故事，写了一个小学老师丢了一支对她个人来说十分重要的口红，同学在帮助她寻找的时候，从同学圆圆的书堂里发现了口红，由此受到老师的批评和同学的歧视，但不久，老师从自己的住处意外发现了丢失的口红，两支一对比，无论品牌还是外形都一样，结果证明圆圆是被冤枉的。文本到此，似乎不是一个新鲜的故事，类似故事发生、然后误解的戏码算是一个常用的手法，但是王立红的这篇不同，赋予了小说主人公更隐秘更富情感的内心世界，原来圆圆的口红是外出打工的妈妈留在家中的，圆圆带在身上是因为它留下了妈妈的味道，当她想念妈妈的时候，可以拿出来以解思念。而圆圆之所以忍受大家的误解也是由己及彼地感受到老师对自己口红的执念，理解老师的口红也是老师特别的情感依托。这就非常明显，王立红升华了小说文本，把一个单纯的物品丢失故事，拓展到更高的品质上，彰显主人公对人世的理解能力和爱的能力。这一点，十分珍贵。

其次，我觉得王立红的小小说题材非常广泛，体现了她对这个文体的驾驭能力非常强。据我所知，她写过家庭题材，写过爱情故事，也能写警察题材、校园题材、农村故事、城市小说、工厂题材、民族题材等。这体现了作者文学观察能力和解决写作问题的能力。其中付出的劳动透过文本可见一斑。比如警察题材的小小说《罪证》，关涉了吸毒者，毒品，缉毒、交通等相关社会生活和专业知识。涉及的社会面比较大，比较外在，需要作者做很多的调查研究，这就不是坐在书房里能解决的事情了，她得走出去，去采访、查阅资料，甚至逻辑推理等。再比如《天空》是一篇民族题材，描写熬鹰的故事。细节的活灵活现从哪里来，我想大抵也是从生活中获得，而这不是容易的，她要走很多别人不走的路，探索很多别人不想探索的事物。对一个写作者来说，这是一种能力，同时也是一个作家的雄心和志气。

最后，王立红的文学创意性也一直贯穿在她的小小说创作之中。求变是她写作的一个方向，这在她的文本探索中可以看到清晰的线索。她从不墨守成规，一直在实践新的文本，新的创意。比如《与孟皇姑相遇》，过去和现在的穿越，消弭了时间的距离，使故事更加感人而真实。比如《猫眼》以动物的视角写人的故事，写猫与小主人明明的情感，写猫眼中明明的生活困境。这样的叙事视角到底有什么好处呢？我想除了新意之外，让我们读者获得了从另一个世界（与人不同的世界）观望我们所处的世界的生活百态。这样就产生了一种陌生感、疏离感，因此才能引起读者的注意，有兴趣重新打量我们的生活。文本的陌生感从某些方面来说是小小说创作的王道，每年海量的小小说作品，让我们小小说作者一直努力突破已有模式的桎梏，而王立红很显然是小小说作家中积极努力的那一个。

在我看来，小小说创作方面，能说的总比能做的少。无论我如何评价，王立红的文本就在那里，她的努力就在那里，她的欣喜和遗憾也在那里，她自己心知肚明，于是才有王立红多年的不辍的写作和精彩的呈现。所以在我手上的这一摞厚厚纸页是书稿，也是她对文学真诚的表白、踏实的足迹，它一路见证王立红辛勤的努力。在这里——合上她书稿的那一刻，我真诚地祝福她文学之路越走越宽阔！

是为序。

CONTENTS
目　录

001 ／ 第一辑　妈妈的味道

002 ／ 妈妈的味道

006 ／ 神仙果

011 ／ 弹弓

015 ／ 猫眼

019 ／ 天空

023 ／ 蓝海豚

027 ／ 第二辑　糖葫芦女孩

028 ／ 糖葫芦女孩

032 ／ 蝴蝶女孩

036 ／ 糖葫芦女孩

040 ／ 青花瓷

045 ／ 凤从远方来

049 / 第三辑　穿衣服的蛇

050 / 对手

054 / 指甲

058 / 菊花

063 / 聚会

067 / 复仇

071 / 第四辑　紫色蝴蝶

072 / 冬至

076 / 紫色蝴蝶

080 / 归来的陌生人

084 / 有温度的咸鱼干

088 / 会飞的叶子

092 / 作家

097 / 第五辑　决胜的豆子

098 / 决胜的豆子

102 / 背着老爸去看海

107 / 白发

111 / 神针

115 / 回家

121 / 第六辑　舞 马

122 / 猎鹰行动　　　　135 / 自由飞翔

126 / 杀手　　　　　　139 / 舞马

130 / 刺虎

143 / 第七辑　鹰 杀

144 / 鹰杀　　　　　　156 / 滋味

148 / 胡子　　　　　　160 / 错过

152 / 石榴

165 / 第八辑　免费俗人

166 / 缺憾　　　　　　182 / 寻找风和

170 / 镜中人　　　　　186 / 碎碎平安

174 / 第三条岸　　　　190 / 测谎石

178 / 与孟皇姑相遇

第一辑

妈妈的味道

◀ 妈妈的味道

小米老师的口红不见了。

小米老师从没那么紧张过，脸红得像山上的红山果。

小米老师的声音很低："我的口红不见了，如果哪位同学捡到了，请还给我，好吗？"

同学们知道，口红是小米老师的男朋友送的，小米老师很喜欢，每天都把那支口红放背包里带着。

小米老师的口红不见了，对同学们来说，可是大事。

小米老师本是城里人，因她的男朋友要回家乡支教，小米老师就跟着男朋友来到了这个偏远的小镇。

同学们都喜欢小米老师，小米老师漂亮，温柔，是这个乡村小学唯一的女老师。

小米老师的口红丢了，她男朋友一定会生气，她男朋友生气了，就不会和小米老师结婚，不结婚，小米老师就一定会离开，小米老师要是离开了，就没有人给大家上音乐课和美术课了，这可是了不得的大事。

放学了，班长给大家布置任务，地面、墙角、窗台，旮旯胡同，同学们都翻了个遍，也没见口红的影子。班里的空气沉闷起来。

小米老师还照常给大家上课，可同学们明显地看出来，小米老师的眼睛，挂上了黑眼圈。

同学们都很安静，下课了也不吵闹，也不玩游戏，连平时爱调皮捣蛋的小萝卜，都把屁股钉在了座位上。

小米老师的口红究竟去哪了？同学们私下里议论着。有的说，可能是让一阵风给刮走了；有的说，也许是让外星人给掳去了。

班长说："不可能。要不，大家再重搜一遍？"

圆圆举手，赞同班长的意见。小萝卜把脚放在书桌上，举双脚赞成。

"那口红还能钻进地缝？搜，把书桌都搜仔细了，书包也都倒出来。"班长说。

放学后，同学们开始了行动。稀里哗啦，书本倒在了桌面上，扑腾，有书本掉在了地上。

叽里咕噜，一支口红从书包里滚出来。

同学们的目光，唰地射向圆圆。

"我没偷！我没偷！"圆圆紧紧地抓住口红，"这是我的口红。"

同学们愤怒，有同学跑去叫来了小米老师。

"你没偷，没偷这是什么？"小米老师指着口红。

圆圆低着头，一声不吭。

小米老师的脸涨成了紫茄花："你才多大？这才刚刚二年级，

就学会了偷！长大了还了得？"

"我没偷！"圆圆眼里含着泪珠。

"圆圆，犯错误不怕，改了就好。可犯了错误不承认——"小米老师紧蹙着眉头。

"老师，我错了！"圆圆的头越来越低。

小米老师拍了拍圆圆的肩膀，语气缓和下来。

看着小米老师把口红装进背包，圆圆眼里的泪珠终于滚落下来。

从那以后，圆圆就被孤立了。

课间，同学们成帮结伙，玩悠悠球，做游戏，圆圆想和同学们一起玩，可同学们都不带她。有的男生还故意当她的面喊："小偷！小偷！"

班长吼，不让同学们喊她小偷，可班长管不住同学们的嘴。班长越吼，同学们喊得越欢。

圆圆很伤心。她不明白，平时那么亲那么好的小伙伴咋说变就变了呢？连平时跟她最好的田小冷也不跟她玩了，上学放学也不再跟她一起走。

圆圆总是一个人躲在角落，看着教室的房顶，看着房顶后面的天空。

天上的云朵很调皮，总是变成一只只羊，一会儿跑到东，一会儿跑到西。圆圆也想变成一只羊，好跑到妈妈的身边。

圆圆知道，妈妈在很远很远的城市，妈妈要打工挣钱，供圆圆读书。圆圆很想去找妈妈，可圆圆不能抛下奶奶一个人。圆圆要是走了，奶奶一定会难过的。

圆圆狠狠地骂自己，可是找妈妈的念头还是会时不时地冒出来。

后来，谁也没想到，口红事件会出现意外，小米老师找到了丢失的那支口红。

小米老师拿出圆圆那支口红，巧的是，两支口红竟然是同一个牌子的，外形和颜色都一模一样。

放学后，小米老师把圆圆叫到办公室。

"圆圆，你没拿老师的口红，为什么要承认自己拿了呢？"

"老师，我是怕您着急，我知道，那支口红对您很重要。现在找到了，真好！我的口红我要拿回去了，因为它对我也很重要。"

圆圆翻开书包，拿出一本画册，上面，是一个个鲜艳的红唇。

"这是妈妈的口红，我想妈妈的时候，就用它画画，因为它的上面，有妈妈的味道。"

小米老师听后，眼睛湿润了，她一下把圆圆搂在怀里。

◀ 神仙果

我要去寻找神仙果。

爸爸妈妈闹离婚，每天战争不断。

吃了神仙果，就能遇到神仙。小时候，奶奶常常这么对我讲。

我要去寻找神仙，神仙可以带我去一个没有烦恼没有忧伤的地方。

考完期末试，我就出发了。

倒了几次车，我终于来到了羊嘎啦山下。此时，天就要黑了，在这个只有十几户人家的小村，根本没有旅店。

看着四周黑黝黝的大山，我不禁有些害怕。我犹豫了很久，终于鼓起勇气，敲响了一户人家的房门。

给我开门的就是姥姥。姥姥热情地收留了我。

我向姥姥打听神仙果，姥姥说，这羊嘎啦山神仙果多着呢！都说吃了神仙果，快活似神仙！真的不错呢！

看着姥姥年近七十，却没有白发，这让我更加相信神仙果的魅力。

第二天，我就上山了。

山里的空气清新得很，头顶的天瓦蓝瓦蓝的，不时有不知名的鸟儿振翅飞过，倏忽不见了。溪水也清亮亮的，一眼可以望得见底。一个十六七岁的女孩，双手掬了一捧，正要往嘴边送，我急忙喊："不能喝！"

女孩一愣，手里的水顺着指缝漏光了。

"为什么？"女孩打量着我。

"现在到处都是污染，野外的水不能乱喝。你要是渴了，喝我的矿泉水吧！"我把我的矿泉水递给她。

女孩凝视着我，像看着天外来客，然后女孩突然大笑起来。

"你放心，这里不是城市，没有污染。你喝一口，这水很甜呢！"

我学着女孩的样子，掬了一捧，这水果然清冽甘甜。

"你就是姥姥家来的客人吧？"女孩眨巴着大眼睛。

"你怎么知道？"我疑惑。

"我就住在姥姥的东院。一大早，姥姥就告诉我，她家来了客人。要知道，我们这很少有外人来的。"

我笑了。女孩也笑了。

女孩叫青青，很漂亮，一头秀发扎成了马尾，在脑后一甩一甩的。

我没见过山，羊嘎啦山的一切都叫我惊奇。青青不时地给我讲解，还提醒我，走路要走有人踩过的路，要眼观六路耳听八方，现在猛兽虽然不多了，但也要防备着，还有毒虫，被咬一口，不死也要扒层皮。

我说我是来找神仙果的，青青大笑："神仙果有什么稀奇，叫你大老远地跑来！"

"不是说吃了神仙果就能找到神仙吗，我要去找神仙。"

"你真的相信世上有神仙？"青青看着天空。

"有。"我咬着嘴唇。

在一棵高大的果树前，青青指着那泛着微红状似苹果的果子："这就是神仙果。"

"啥？这就是神仙果？"我激动万分。

我踮起脚，小心地摘下一颗神仙果，咬一口："妈呀，好酸——"我滋溜着牙，转着磨磨。

"傻瓜！神仙果还没熟呢！"青青笑弯了腰。

下山时，我和青青已经成了朋友。

我在姥姥家住下了，我要等待神仙果成熟，我要去找神仙。

遇上了青青，我才觉得，我还是幸福的。青青只上了两年学，妈妈生她妹妹时难产死了，爸爸说去打工，可一走就再没回来。青青要照顾瘫痪的奶奶，还要采蘑菇卖钱。

我经常和青青一起上山，我帮青青采蘑菇，青青也教我认识了许多我从没见过的植物。

那天，我们发现树上有好大的一个神仙果，红红的，显然熟透了，散发着诱人的香气。我和青青拿着树枝要把它打下来，可树枝太短，咋也够不着。青青气急，撇了树枝，就噌噌往树上爬。我吓得惊叫，可青青一点儿都不害怕，敏捷得像只猴子。青青又扔下了几枚熟透的神仙果，可最大的那一枚，在树的顶尖，青青抓住树杈，伸手够向神仙果。树杈一荡，咔嚓断了，青青扑通摔了下来。

"青青"看着青青眼睛紧闭，我惊恐地大喊。

"青青，青青"我不知所措，号啕大哭。

"哭你个头！"青青突然坐起来，用神仙果敲我的脑袋，"姑奶奶天不怕地不怕，不会那么轻易死翘翘的。"

我擦了擦眼泪，心里恼怒，还没有人敢这么骗我。

我扭头要下山，青青一把抱住我，把红红的唇印在了我的唇上，我霎时眩晕了。

"谢谢你，这么在乎我！"青青偎在我怀里，我瞬间觉得自己长大了，觉得自己是个男子汉了

和青青在一起，我很快乐。

天气晴朗时，我都要上山，青青不能陪我，我就自己去，回来时总要给青青带几枚甜甜的神仙果。晚上，我俩躲在房后的柴垛里，一边数着星星，一边吃神仙果。

能不能遇见神仙，已经不重要了，因为青青就是我的神仙果。

妈妈终于找到了这里，我不想回去，可舅舅像拎小鸡一样抓住了我。

我只好恳求妈妈，给我一晚上的时间，我要和青青告别。

我和青青又躲进了柴垛。我看着她，她看着我，都不说话。

很晚了，我站起来。青青也站起来，却拉住了我的手。她的手在颤抖，我一把搂住了她。

"你，你会不会忘了我？"青青的眼泪扑簌簌地落下来。

"咋会呢！"我挤出一点儿笑，"我不会忘了神仙果，我还要找神仙呢！"

"你带着。"青青把两枚神仙果塞进我兜里。

"来年放暑假，我来找你。"

"嗯。在那棵你吃的第一个神仙果的树下，我等你。"

妈妈带我离开了原来的城市，去了很远的地方。我给青青写信，却都被退了回来。

第二年暑假，我又回到了羊嘎拉山。在那棵神仙果的树下，却没有等到青青。

姥姥告诉我，青青嫁人了。我走后不久，青青的奶奶就病了，为了给奶奶治病，青青嫁给了一个有钱的外地人。后来，奶奶死了，青青把妹妹接走了，就再没回来。

青青还叫姥姥告诉我，这世上，根本没有神仙。

我大口大口地咬着神仙果，可泪水还是瞬间把我淹没。

◀ 弹　弓

　　胡汉三的腿瘸了。

　　胡汉三是胡小坏的叫法。当然，胡小坏只敢在背地里叫。

　　胡汉三是胡小坏的叔叔。胡小坏的爹在胡小坏很小的时候就因病去世了，娘带着胡小坏和两个姐姐艰难地过日子。

　　农活儿忙时，叔叔总是先撂下自家的活计，耙地、插秧、割稻，都是叔叔来帮衬，可胡小坏就是不喜欢叔叔。看电影里有个胡汉三，胡小坏心血来潮，管叔叔叫胡汉三，就像胡小坏，本来不叫胡小坏，可别人非要叫他胡小坏一样。

　　胡小坏在心里一遍遍地骂着胡汉三，还折了根树枝，在地上写了胡汉三三个字，然后在三个字上，打了一个又一个的大叉叉。

　　可是，见面是避免不了的。胡汉三就住在胡小坏家的西院，每天低头不见抬头见，这让胡小坏很窝火。

　　其实，让胡小坏窝火的主要原因，是那把弹弓。

　　胡小坏有一把弹弓。

　　弹弓是胡小坏死磨硬泡求了表哥好久，表哥才给他做的。胡小坏把它当成了宝贝。

有了弹弓，胡小坏乐颠了。他盯上了胡汉三家的老杨树。

那棵老杨树不知多少年了，树冠庞大，枝繁叶茂，小柳叶和麻雀都爱往树上落。

胡小坏的弹弓有了用武之地，可胡小坏还没有高兴几天，胡汉三就不让他打了。说树是他家的树，说麻雀是益鸟，不能打。

哼！有什么了不起！

胡小坏转移了阵地。

村东有一片树林，有树自然就会有鸟。

林里最多的鸟是麻雀。

麻雀精灵得很。胡小坏一到跟前，麻雀呼啦啦就飞上天空，趁胡小坏不注意，又呼啦啦飞到别的树上。

开始，胡小坏一只麻雀也打不到，飞出的石子总是背叛胡小坏的心意。胡小坏不甘心，便拉开弹弓，专射树叶，把一棵棵杨树，都打成了光杆司令。

胡小坏没白练，皮筋的松紧度，拉开的距离，拿捏得恰到好处，就像带着导航，能正确无误地击中目标。

逮到麻雀，胡小坏不敢拿回家。在野外，胡小坏捡来枯枝败叶，生了火，把麻雀放在火上烤。

麻雀肉好香，对一年见不到几回肉星的胡小坏来说，无疑是天底下最好吃的东西了。

胡小坏正得意地吃着麻雀肉，却让胡汉三撞见了。胡汉三骂道："臭小子，又逃课！今年可就要中考了！"

胡汉三薅着胡小坏的衣领，去找胡小坏的娘。

娘哭了。那是胡小坏第一次看到娘流眼泪。娘取出门后的柳条鞭，手却在不停地抖。胡小坏知道娘心疼他，不忍心下手。谁知，胡汉三一把夺过柳条鞭，抓过胡小坏，柳条鞭就刷刷地打在胡小坏白嫩的屁股上。胡小坏杀猪般地号叫，从此心里恨透了胡汉三。

胡小坏的屁股终于消肿了，胡小坏出得家门，可一路过胡汉三家的门口，胡小坏的屁股就针扎似的疼。

胡小坏藏在那棵粗大的杨树上，拉紧弹弓，那坚硬的石子带着巨大的力量飞向胡汉三家的玻璃窗。随着玻璃的碎裂，胡汉三跑出来，叫骂着："兔崽子，给我出来！"

胡小坏不吭声。

胡汉三踅摸了一下，往房后去了，他家开的是后院门。

胡小坏嗖地蹿下树，兔子般地跑了。

胡小坏很晚才回家，可他没想到，胡汉三拿着柳条鞭正等着他呢。

胡小坏更恨胡汉三了，他要想个法子，好好治治胡汉三。

盯了胡汉三好几天，终于趁胡汉三出去时，胡小坏爬上房顶，用砖头瓦块堵住了胡汉三家的烟囱。

当村子飘起烟霞时，胡小坏往西院偷瞧。西院的门和窗户都开着，烟雾从门窗向外涌。胡小坏不时地听到咳嗽声。

胡汉三是在修烟囱时出事的。他从房顶摔了下来。

胡小坏没想到，会惹这么大的祸。胡汉三命保住了，却瘸了一条腿。

娘拧着胡小坏的耳朵去给胡汉三道歉，胡小坏战战兢兢地跪下，那是胡小坏第一次感到害怕。对，是害怕。就是胡汉三拿柳条鞭狠狠地揍胡小坏时，胡小坏都没有害怕，可这时，胡小坏是真的害怕了。毕竟，胡汉三的腿是因为胡小坏才瘸的。胡小坏心想，胡汉三会怎么惩治他呢？会不会也把他的腿打瘸？

让胡小坏意外的是，胡汉三并没有发火。

胡汉三没收了胡小坏的弹弓，警告他，要是考不上高中，新账老账一起算。

胡小坏没有了弹弓，又怕考不上高中，胡汉三找他算账，就收敛了许多。

四个月后，胡小坏考上了高中。

胡汉三比胡小坏还高兴，特意去打了酒，买了肉，给胡小坏庆祝。

那天，胡汉三喝醉了。

小子，你不知道，我多羡慕你呀！

我一辈子没读过书。家穷，孩子多。我喜欢读书，可没那条件。你知道吗，我最喜欢的工作就是当一名教书先生。

胡汉三的眼里竟闪着晶莹的东西。

给！胡汉三把保存了四个月的弹弓还给了胡小坏。

胡小坏拿着弹弓，心里千回百转。

胡小坏要到镇里去上学了，临行前，娘让胡小坏去向胡汉三告别，胡小坏突然发现，胡汉三的瘸腿竟然不瘸了。

◀ 猫　眼

明明守着猫眼，一守就是一下午。

"喵！喵！"

我又跑又跳，做出各种夸张的动作，想引起明明的注意，可明明理都不理我。我噌地跳到了明明的肩上，讨好地舔他的脸，可他还是呆呆的，一动不动。

透过猫眼，能看到什么呢？猫眼离地面有一米多的距离，明明才五岁，要站在凳子上，才能够得着猫眼，然后眼睛要紧贴在猫眼上，才能看清路过的人。我觉得明明很奇怪，猫眼有什么好看的？我站在明明的肩上看过两回猫眼，看到的除了墙就是楼梯，除了楼梯就是墙。

"喵！喵！"

我又叫了两声。明明还是不理我。其实，明明并没有看猫眼。看猫眼要一只眼睛紧闭，一只眼睛贴着猫眼，才能看得清，可明明的两只眼睛都是睁着的，且离猫眼至少有三厘米的距离。可明明确实是在看猫眼。明明每天都是这样看猫眼的。

咚咚咚！

咚咚咚！

脚步声急促，没有规律，就像哆来咪发嗦拉西哆，一下就到了高音，却又戛然而止。不用看我也知道，这是楼上的胖男孩。明明这时候眼睛是盯着猫眼看的，可明明不会说话。不是明明不会说话，是明明不愿意说话。明明和谁都不愿意说话，女主人说，明明是孤独症。

我不相信。明明怎么会有病呢。

六个月前，我在大街上流浪。那天天很冷，还下着雨。我几天没有吃东西了，饿得头晕眼花。我好不容易在垃圾箱找到半个馒头，可我刚咬了一口馒头，一条大黑狗就扑了过来。大黑狗很凶，咬伤了我的腿，抢走了馒头。我拖着伤腿，冻得瑟瑟发抖，可我无处可去。

或许是命中注定，我遇到了明明。明明看我可怜，脱下他的衣服包住了我。而那天，轻易不开口说话的明明竟然为了我，开口说话了："妈妈，我要带它回家！"

女主人很惊愕。虽然她不喜欢我，可明明开口说话了，这让她很开心。这样我就幸运地来到了明明家。

明明的家是租的房子，在旧楼区。这里离市区远，租金便宜。楼有七层，得有几十年了吧，墙体斑驳，沉重的旧铁门豁牙露齿的。明明的家在一楼，一楼的租金更要便宜些。房间很狭小，衣服、化妆品、纸巾很凌乱，到处可见。我不在意，因为这是明明的家，也是我的家。

女主人每天很早就出门，很晚才回来。女主人要工作，要挣钱交房租，交水电费。女主人走后，明明会抱着我，抚摸我的毛发，还把他的火腿肠分给我吃。这是我最幸福的时光。然而多数的时候，明明都是站在凳子上，呆呆地看着猫眼。

咚咚咚。

楼上的胖男孩下来了，他的爸爸在后面喊着，让他慢点。胖男孩的手里拿着小飞机，幸福得让人嫉妒。

"爸爸！"是谁在叫？我环视着房间，明明还是呆呆的，房间里没有别人。是我听错了吗？我叹了口气。

有一天，我听到了胖男孩的脚步声，我不顾明明的阻拦，打开了门。

"喵！喵！"

"猫咪！"胖男孩很高兴，伸手来摸我。我乖巧地和胖男孩握手，舔他胖乎乎的手指，然后跑回明明身边。我拽着明明，希望他能认识新朋友，好不再孤单。可明明一声不吭，"砰"地关上了门。

"有病！"门外传来胖男孩爸爸的声音。

因为有病，明明没上学。女主人送明明去过好多家幼儿园，可都没待几天，人家就不干了。老师说，明明不说话，不跟小朋友一起玩，没法交流。女主人也带明明去大医院看过，可治这种病，要花很多的钱。女主人没有钱。她和明明的爸爸离婚后，四处打工，挣的钱只够维持生活。为了挣钱，女主人都没有时间照顾明明。

明明依然守着猫眼。

这些日子，胖男孩的爸爸不见了，送胖男孩上学的是一个瘦瘦的男人。男人的眉毛紧拧着，胖男孩背着书包，小心翼翼地在后面跟着。此后，胖男孩走路的"咚咚"声，再也听不见了。

让我意外的，女主人的脾气突然好了很多。那天，我碰洒了她的香水，她竟然没有发火。

女主人变得勤快了，把凌乱的房间收拾得很整洁，让我竟然有些不适应。

女主人在镜子前化妆的时间越来越长。有一天，一个秃顶的男人来了家里，和女主人进了房间好久才出来。此后，秃顶男人经常来家里。男人会给明明买吃的，买玩具，可我看得出来，男人并不喜欢明明。男人也不喜欢我，每次男人看我的眼神都让我害怕。

女主人的衣服多了起来，包包多了起来，脸上的笑容也多了起来。

女主人退了出租屋。秃顶男人开车来接了，但男人不让明明带着我。

明明哭着被男人塞进车里。

我心如刀绞，拼命地追赶着车子。

我没想到，车子突然掉过头，向我冲来。

"砰"的一声，我的身体成了一条抛物线，重重地砸在了地上。

在生命的最后一刻，我看见了明明。明明站在凳子上，一只眼睛紧闭，一只眼睛贴着猫眼……

◀ 天　空
·················

苏依拉坐在山尖尖上，望天。

天空湛蓝湛蓝的，澄净得没有一丝纤尘。远处，一群绵羊不知何时跑到了天上，忽而露出脑袋，忽而藏在了又一个山尖的后面。

苏依拉随手摘了一片草叶，唇瓣微动，悦耳的音符便跳跃出来，飘向空中。

一只鸟飞过，数只鸟飞过，几十只鸟飞过。除了麻雀还是麻雀，连苍鹰的影子都没看见。

苍鹰是越来越少了，苏依拉扔了草叶，内心有些惆怅。

苏依拉会养鹰。苏依拉是苏家第七代熬鹰绝技的传人。

苏家的熬鹰绝技本来是传男不传女，可到了苏依拉这代，苏家没有男丁，只有苏依拉一个女孩，这熬鹰绝技就只好传给了苏依拉。

熬鹰可不是简单的事，别人都说，苏家的绝技恐怕要断了。果然，苏依拉的父亲去世后，苏依拉就不再养鹰了。

古吉罕是邻居家的孩子，过了立秋就十岁了。古吉罕没事就缠着苏依拉，让苏依拉教他熬鹰。

古吉罕喜欢猎鹰。能征服桀骜不驯的苍鹰那才是大草原的男儿。古吉罕小时候见过苏依拉熬鹰，只是那时候他太小，记住得不多。

苏依拉告诉古吉罕，天空那么辽阔，无边无际，鹰是属于天空的，我们不应该拘束它。

古吉罕懵懂地看着天空，天空不见一只飞鸟。

苏依拉挥着鞭儿，把羊群赶到了山上。山上的草鲜嫩得很，叶片上还藏着露珠，让羊儿欢喜不已。

苏依拉坐在山尖尖上，望天。

突然，苏依拉听到一声哀鸣。

苏依拉倾耳细听，声音没有了。苏依拉没有动，不一会儿，哀鸣声又起。

苏依拉顺着声音传来的方向，在树林里寻找，竟然找到了一只苍鹰。

听到响动，苍鹰张开翅膀想要飞起来，身体却趔趄一下，栽倒了。很明显，这是一只受伤的苍鹰。

这只苍鹰有三岁大，头顶和头侧是黑褐色，眼睛是琥珀色，背部是棕黑色，胸以下密布灰褐和白相间的横纹，尾灰褐色。苍鹰盯着苏依拉，眼里满是惊恐。

苏依拉摘下一枚草叶，嘴唇翕动，清脆悦耳的声音悠然响起。清亮，昂扬，渐渐变得轻柔，舒缓，仿佛这世界只有安静与甜美。

苍鹰安静下来，眼里没有了戾气。

看着苏依拉捡回的苍鹰，古吉罕很兴奋。古吉罕再次恳求苏依拉教他熬鹰。

晚上，苏依拉翻来覆去，折腾了一宿。她想，苏家的熬鹰绝技不能到她这里就失传了。

苏依拉快四十了，还没有结婚，苏家没有下一代，不如把熬鹰绝技传给古吉罕。

苍鹰伤了一只翅膀，苏依拉每天给苍鹰上药，照顾苍鹰。苍鹰野性未除，瞪着眼珠不让人接近。苏依拉每次给苍鹰换药，都要摘一片草叶，吹一首静心曲，苍鹰才会乖乖地听话。

苏依拉把这首静心曲教给了古吉罕。静心曲是苏家的熬鹰绝技里关键的一环。苏依拉告诉古吉罕，人和鹰之间是需要沟通交流的，而因为语言障碍，音乐就成了沟通的最好方式。世间万物都是有情的，静心曲能安抚苍鹰的烦躁情绪，让苍鹰知道，你对它没有恶意。

古吉罕很快就学会了静心曲，苍鹰的伤也好了，苏依拉就教古吉罕熬鹰。

苏依拉选了一间屋子，从梁上吊下两根绳，两根绳拴在一根光滑的竹竿上，用锁链一头绑住苍鹰的脚，一头绑住竹竿上，让苍鹰站在竹竿上。古吉罕看着苍鹰，不让苍鹰吃东西，不给苍鹰喝水，苍鹰困了，就晃动竹竿，不让苍鹰睡觉。

苍鹰骄傲得很，不停地挣扎，想挣脱锁链的束缚。苍鹰一次次地挣扎，锁链一次次地撸着它的脚踝，很快，苍鹰的脚踝就血迹斑斑了。苍鹰愤怒了，用尖利的喙去袭击锁链，一次又一次，不惧疼痛，不惧嘴角溢出了鲜血。

苏依拉很心疼，也有些后悔，她不该教古吉罕熬鹰。

三天后，苍鹰疲惫不堪，眼里也没有了光芒。苏依拉拿来牛肉，苍鹰看都不看牛肉一眼。它一解脱束缚，就拍打着翅膀，想要飞上蓝天，可它一趔趄，摔倒了。它的伤口撕裂般的疼，身上又没有力气，它只能发出低沉的哀鸣。

"古吉罕，对不起，熬鹰失败了！"苏依拉不想让苍鹰再受伤了，苏家的熬鹰绝技，失传就失传吧。

"熬鹰是在伤害鹰，我以后再也不熬鹰了！"古吉罕顶着黑眼圈，眼睛红红的。

转眼就到了秋天，天气一天天地凉了。苏依拉坐在山尖尖上，古吉罕坐在她身边。

"真的让它走吗？"古吉罕抚摸着苍鹰的脊背，眼里满是不舍。

"苍鹰是属于天空的，让它回到蓝天吧！"苏依拉摘了一片草叶，吹响了静心曲。

古吉罕松开手。苍鹰用头蹭了蹭古吉罕，张开翅膀飞上了蓝天，渐渐地，苍鹰缩成了一个黑点儿。

"飞吧，飞吧，飞过玉龙雪山，来年春天，你一定要回来！"古吉罕大喊着。

苏依拉望着天空，一群绵羊不知何时又跑到了天上。

◀ 蓝海豚

搬到新安小区没几天，闹心事就找上了我。

确切地说，是噪音。

我本身有睡眠障碍，对声音特别敏感。我顶着黑眼圈，像猫一样竖着耳朵，寻找噪声的来处。几番折腾，我终于发现，弄出噪声的是对门的邻居。

我是通过门上的猫眼认识对门的邻居的。一个是中年女人，短发，衣着朴素；一个是十六七岁的姑娘，微胖，脑后梳着简单的马尾。至于她们姓什么，叫什么，那个中年女人做什么工作，我一概不知。

说起猫眼，我有些汗颜。我没有窥视别人隐私的癖好，更不会没事看猫眼，监视别人。看猫眼，是我想弄明白，那噪声是怎么回事。

那是一个白天，又传来叮叮当当的声音，伴着声嘶力竭的哭喊声。哭喊声分外刺耳，搅乱了我的创作思路。

我愤然，这天天的，晚上折腾不够，白天还要折腾！忽然，咣当一声，门开的声音。我好奇心起，就趴向猫眼。

对门的门开着，一个女孩，披头散发，哭着，叫着，往门外扔东西。地上，书本散乱，趴着剪坏的衣服和摔碎的玻璃瓶，还有十几张人民币。我惊愕了。那个制造噪声的人，是她？

中年女人站在门外，轻声地哄着："宝贝，别这样，听妈妈话！"

女孩明显地神经不正常，我不由得同情起中年女人来。噪声怎么办？这本就是一对可怜的母女，我还能再往人家的伤口上撒盐吗？

好久，嘶喊声终于没有了，我吃了头疼药，重拾起分散的思路。

第二天，我出门。刚打开门，对门的门也开了。昨天的女孩，干干净净的，穿着运动服，飞快地往楼下跑去。我锁门。中年女人出来了，这是我们第一次正式见面。我礼貌地打招呼："你好！我是对门邻居，新搬来的，请多关照！"

中年女人警惕地盯着我，眼神阴郁。她没有回应我，转身下楼了。

半个月后，是中秋节。一份稿件催得急，我忙着写稿，没有回老家。

咚咚咚。门响。

谁呢？我搬到这个小区时间不长，家里还没来过客人。

我推开门，一个中年男人正在敲对门的门，地上放着两箱水果。

"我没带钥匙，她，不给我开门！"男人很不好意思。

"滚！这不是你的家！"门里传出愤怒的吼叫。

"别闹了，今天过节，你让我看看孩子吧！"

"啊……"

啪！呼！咚！

"孩子又发病了？开门，让我看看她！"男人的眼里含着泪。

"孩子？你心里有孩子吗？你不把狐狸精领回家，孩子会变成这个样子吗？"

"开门！我要见孩子！"

"啊……不要，我不要！"

"滚！孩子不想见你！滚！永远别回来！"

"疯了！疯了！"男人额上的青筋直蹦。

"对不起，打扰了！"男人向我道歉，转身走了。我关上门，那嘶喊声和哭声好久才停下来。

我苦笑一下，清官难断家务事，我只是心疼女孩。

翌日，我在楼下碰见了女孩，女孩冲我嫣然一笑，根本看不出，她是个精神病患者。

和女孩进一步接触，是一个月后的一个雨天。我回来时，女孩站在家门口，她忘记了带钥匙，打妈妈的电话又不通。看女孩冻得瑟瑟发抖，我把女孩让进屋里，并给女孩准备了暖手宝。

那天，我知道了女孩的名字，颜夕。

那以后，颜夕每次看到我，都会笑着跟我说："阿姨好！"

半年后的一天，我的房门被敲响了。透过猫眼，我看见是颜夕。我打开门，颜夕扑通跪下了。

"阿姨，您帮帮我，帮我藏一下这个海豚！"女孩抱着一个蓝色的大海豚。

"为什么？"我惊讶。

女孩红了脸："这是我男朋友送我的，我不敢告诉妈妈。妈妈不让我谈恋爱，妈妈说，男人没一个好东西！"

"为什么要我替你保存？不怕我告诉你妈妈吗？"

"阿姨不会！我相信您！"颜夕垂下头，突然沮丧起来，"其实，是我找不到可以相信的人了，我只能相信您！"

"好！我不告诉你妈妈！"

"谢谢阿姨！"女孩笑得灿烂。

"阿姨，我该走了，我妈妈快回来了！"颜夕打开自家的房门，关门前，又冲我笑了笑，那明媚的样子，叫我怎么也无法和精神病联系到一起。只是我没想到，此后，我竟再没有见过颜夕。

有一天，我突然发现，对门换了新邻居。

听说，颜夕的父母离婚了，颜夕的妈妈知道了颜夕谈恋爱，坚决反对。颜夕的病越发的严重，颜夕的妈妈卖了房子，把颜夕送进了精神病院。

那只蓝海豚，我摆在床上，我盼望着颜夕早点回来，抱走蓝海豚。

第二辑

糖葫芦女孩

◀ 糖葫芦女孩

女孩摘下眼镜，把眼镜塞在男孩手里。

分手吧。女孩说。

男孩很惊讶。男孩不知道哪里做错了，男孩要女孩说出分手的理由。

女孩没有说。

男孩说，那好吧，分手就分手。

男孩转身就走，没有丝毫的犹豫，没有丝毫的留恋。

年轻人就是这样子的，连分手都是那么帅气，洒脱。有或者没有，对他们来说，都不重要。

女孩没有急着离开。女孩倚着栏杆，看着夕阳慢慢沉下去。

女孩以为，分手了，自己一定会难过，可事实上，女孩没有觉得太伤心，女孩只是有一点点的失落。

女孩还给男孩的是一副近视眼镜，女孩就是因为眼镜才认识男孩的。

那天，公交车上的人很多，一站又一站，人还在不断地增多。

猛然，司机一个刹车，人群前后一耸，女孩的眼镜就掉了。

男孩站在女孩的前面，脚一后退，正好踩上了眼镜。

我的眼镜！女孩惊呼。

对不起！对不起！男孩慌忙说。

要不，我赔你吧！

不用了。这也不能全怨你，你也不是故意的。

男孩一定要赔，可男孩没带那么多钱，男孩就问女孩地址。

女孩说，不用了，这眼镜也不贵的。

男孩没再说话，匆匆下了车。

一个星期后，男孩突然出现在女孩的学校里。

女孩："你怎么知道我在这里？"

男孩向下努努嘴，女孩低头，看到了自己胸前的校徽。

女孩："学校这么多人，你是怎么找到我的？"

男孩："我想，你总要吃饭的，我就在食堂门口等着，总会找到你。"

女孩："你就在食堂门口等着了？"

"是啊，我都等了好几个晚上了！你们学校的学生太多了！"男孩笑了，笑容鲜亮，又有些羞涩。

女孩戴上了男孩赔给她的眼镜。眼镜的质量不错，看东西很清晰。女孩知道，这种材质的眼镜，价格不低。

女孩很过意不去，就请男孩吃饭。

就这样，女孩和男孩熟识了，并开始了热恋。

热恋中的男孩对女孩很上心。女孩喜欢吃麻辣烫，还非得是城东的那家的，男孩就坐公交，跑十几站地去给女孩买。

男孩带女孩去看电影，怕别人挤着女孩，男孩总是伸着胳膊护着女孩。

男孩带女孩去看夕阳，两人贪恋美景，错过了回程的火车，两人就向当地的老乡借宿。

女孩觉得很幸福。

在女孩眼里，男孩的一切都是美好的。

女孩很珍惜男孩送给她的这副眼镜，女孩戴眼镜的样子很好看，很美。

男孩在一家设计公司上班，很知道上进，很得领导赏识。女孩就计划着，等自己毕业了，也去男孩工作的那家设计公司工作。

如果女孩和男孩就这样发展下去，这个故事是个非常完美的结局。可事实是，女孩提出了分手。

那天，女孩从男孩的住处回校，出租车上，司机师傅问女孩："送你的男孩，是你男朋友？"

"是啊！"女孩点点头。

"分开吧，以我这么多年看到的人和事，你们不适合在一起。"

"为什么？"女孩诧异。

司机师傅五十岁左右，给人感觉就是比较诚实憨厚的那种。

"我本不该多嘴，是看你和我的女儿一般大，我才说的。姑娘，他没有你想得那么爱你！如果他非常爱你，这么晚了，他不会不送你回家！他要是非常爱你，就是有事，他也该记下车号，而不是还没等你上车，就急着跑走了！姑娘，你知道吗，就在你学校前面的那个路段，前不久刚发生过一起抢劫案。"

女孩听后沉默不语。

那个晚上，女孩失眠了。

女孩这才想起，男孩已经很久没有给她买麻辣烫了，很久没有陪她去看电影，很久没有陪她去看夕阳了。

第二天，女孩就向男孩提出分手。

女孩再也不戴眼镜了。

女孩突然发现，自己不戴近视眼镜了，眼睛竟然那么明晰起来。

◀ 蝴蝶女孩

胡小蝶喜欢蝴蝶。

妈妈说胡小蝶出生的时候，有一只金黄色的蝴蝶飞进屋来，绕着胡小蝶飞，怎么撵都撵不走，所以就给胡小蝶起名叫胡小蝶了。

或许，胡小蝶真的是蝴蝶变的，她对蝴蝶有一种天然的亲近感。胡小蝶第一次看见蝴蝶，就瞪大了眼睛，咿咿呀呀地叫，还伸着小手要去抓蝴蝶。胡小蝶稍稍长大了一些，她就迈着小短腿，追着蝴蝶到处跑。到了七八岁，她更是整日地待在菜园里，跟蝴蝶嬉戏，跟蝴蝶说话。

胡小蝶不愿意跟别的孩子玩，那些孩子总是笑话她，说蝴蝶又听不懂她的话，说她是傻瓜。

胡小蝶撇嘴。哪个傻吗？蝴蝶明明能听懂我的话。

那时候，胡小蝶的世界是纯净的，是充满了快乐的。

后来，胡小蝶进了城。初中，高中，直到上了大学。

每年暑假，胡小蝶都会回老家。

菜园子还是那个菜园子，只不知，今年的蝴蝶，还是不是去年的那只蝴蝶？

胡小蝶不再追蝴蝶。

她坐在梨树下，数蝴蝶。数来数去，却总是数不清。

风热热的，胡小蝶的头枕着膝盖。她梦见自己变成了一只白蝴蝶。怎么会？我不是一只黄蝴蝶吗？

黄蝴蝶是你，白蝴蝶也是你呀！一个声音说。

一个身影追逐着蝴蝶，面部模糊。渐渐地，身影现出了脸部轮廓，竟然是黄安。

胡小蝶学的是植物保护专业，黄安学的也是植物保护专业。第一次上解剖课，竟然是解剖蝴蝶。胡小蝶蒙了，解剖台上的那只蝴蝶越来越大，最后变成了无数只蝴蝶，在她眼前翻飞乱舞。胡小蝶忍不住吐了，肠胃都差点儿吐出来。

同学们捂着鼻子，嫌弃地避开。胡小蝶羞恼不已，恨不得找个地缝钻进去。这时，黄安递给了她一瓶水，还有一包湿巾。后来，呕吐的污渍也是黄安给清理的。

胡小蝶感谢黄安，请黄安喝咖啡。

"你就那么胆小？连解剖蝴蝶都不敢，还怎么当科学家？"黄安搅动着杯子里的咖啡。

"我不是胆小，就是，别的什么都行，就不能是蝴蝶。"胡小蝶咬着唇瓣。

"你，你不会是蝴蝶精吧？"黄安盯着胡小蝶，上上下下打量她。

胡小蝶红了脸，"我，我喜欢蝴蝶，我不能伤害蝴蝶。"

胡小蝶低着头，指甲几乎扣进了肉里。黄安诧异地看着胡小蝶："你就那么喜欢蝴蝶？"

"是。"胡小蝶抬起头，眼里闪动着醉人的光彩。

"我天生地喜欢蝴蝶，我的生命里不能没有蝴蝶。我会保护它们，又怎么会伤害它们呢？"

黄安有些懵。蝴蝶又不是人，至于那么喜欢吗？

咖啡屋里雾气氤氲，灯光幽暗，缠绵。胡小蝶推开门，阳光猝然洒在她的身上。黄安透过门玻璃，看到胡小蝶长发飘飘，金黄色的裙摆被风微微吹起，就像一只金色的蝴蝶，翩翩飞舞。

有来就有往，胡小蝶和黄安熟悉起来。自然而然地，胡小蝶和黄安成了恋人。暑假的时候，胡小蝶带着黄安回了老家。

菜园子由姥姥种着，园子里有黄瓜、豆角、茄子、辣椒、芹菜、西红柿等各种蔬菜。园子的四周是柳条围成的栅栏，在东面的一侧，牵牛花爬满了栅栏，肆意地绽放着。胡小蝶牵着黄安的手，坐在梨树下，看着白的、黄的、红的，各色的蝴蝶，满园飞舞。

黄安是在城市里长大的，他从没有见过这么多的蝴蝶。黄安追来追去，可一只蝴蝶都没有抓到。胡小蝶捂着嘴乐："那是我小时候干的事情，你都多大了，不幼稚吗？"

"我好想回到小时候！"黄安说。

一只蝴蝶落到黄安的发丝上，"别动！"胡小蝶说。

黄安蜷着腿，胡小蝶俯身，张嘴轻轻地一吹，蝴蝶飞起来了。

阳光热烈，泥土的气息夹着淡淡的芳香，让人沉醉。

梨树下，黄安枕着胡小蝶的腿，数蝴蝶。那一刻，黄安忽然懂了。他懂得了胡小蝶。他知道，胡小蝶就是一只蝴蝶。

四年后。大学毕业季也是分手季，胡小蝶和黄安没有逃过分手的命运。又过了几年，黄安娶了妻，胡小蝶也嫁为人妇。

胡小蝶还保持着习惯，每年暑假都要回老家看看。菜园子还是老样子，只是那棵梨树死了，蝴蝶也一年比一年少。

夕阳西下，胡小蝶痴痴地数着蝴蝶。爱人悄悄地拿着一把扇子，给她扇风。感觉到了凉意，胡小蝶回头，眸子里满是歉意。

爱人亲了亲胡小蝶的发丝，呢喃道：谁的人生轨迹里没有一段美好的时光呢？

◀ 糖葫芦女孩

P 城的画展上，一幅油画吸引了众多的参观者。

画面上，炊烟袅袅，一个清秀的女孩穿着羽绒服，戴着红帽子，在给刚刚堆成的雪人安鼻子。有趣的是，女孩的右手拿着一串儿糖葫芦，而雪人的鼻子，正是糖葫芦中的一个。

女孩仰起头，出神地看着这幅画。画里的寒风扑了出来，女孩不自主地哆嗦了一下。

一鹤扶住女孩，手紧紧握住了女孩的手。

女孩回眸一笑，就任一鹤那么握着。

凝视着画面，女孩的眼里有了亮晶晶的东西，没有人知道，那个雪人的身后，藏着一个男孩。

男孩曾经是女孩的男朋友。

几年了？时间一晃儿就随着天上的白云飘走了，把男孩也带走了。

给，冰糖葫芦。男孩总会突然出现在她身边。

女孩喜欢吃冰糖葫芦。要问女孩为什么那么喜欢，女孩说不出来。或许，女孩就是喜欢那酸酸甜甜的味道。

女孩很美。男孩常常看着女孩发呆。在男孩心里，女孩像极了那红得诱人的冰糖葫芦。

男孩和女孩约会，总会给女孩买冰糖葫芦，女孩生气了，男孩就会买来冰糖葫芦哄女孩。女孩只要看到冰糖葫芦，那满脸的冰霜瞬间就化开了，白皙的脸上就溢满了红晕。

男孩和女孩都是美术学院的学生，放假了，男孩和女孩一起去大山里写生。回来的时候，客车刹车失灵，在客车要冲进悬崖的瞬间，男孩把女孩推出了车窗。

客车上三十一人，女孩是唯一的幸存者。

女孩伤心欲绝。男孩就像一阵风，说走就走了，一句话都没有留下。

还好，男孩留下了几幅画作，可以让女孩稍解相思之苦。

男孩画画的都是女孩。男孩的画画得很好，把女孩画得惟妙惟肖，可女孩总觉得画上少了些什么。男孩把女孩画得很美，像仙女。可女孩不是仙女。对，女孩明白了。是烟火气，画上缺少了烟火气。

女孩很想给画面添些烟火气，至少画中的自己手里应该有一串儿冰糖葫芦，或者，冰糖葫芦被咬掉半个，甜甜的冰糖还粘在她的唇上。可女孩迟迟不敢动笔。

自打男孩出了事，女孩就患了眩晕症。女孩看不得冰糖葫芦，看见冰糖葫芦，女孩就会晕过去。有一次，女孩看见别人在吃类似冰糖葫芦的东西，女孩也晕了过去。

为了避免晕倒，父母谁都不敢提起冰糖葫芦，还把家里形似冰糖葫芦的东西都藏了起来。

可女孩也不能总关在家里呀。那天，女孩偷偷出了门，漫无目的闲逛。在超市门口，女孩一眼瞥见了橱柜里的冰糖葫芦，女孩又晕了过去。

幸运的是，女孩遇见了一鹤。

说女孩幸运，不仅仅是因为一鹤救了女孩，并把女孩送回了家，重要的是，一鹤是个医生，心理医生。

一鹤先是不定期地来看望女孩，陪女孩聊天，聊一些女孩感兴趣的话题。

一鹤也是个很好的倾听者，他静静地听女孩讲过去，讲她和男孩的故事。一鹤会夸奖男孩一句，真勇敢！

女孩就会脸红，眼里就会闪烁着光芒。

一鹤说，男孩真幸福，因为他救回了自己心爱的人。

这天，一鹤领着女孩来到了海边。

浪花朵朵，相拥着奔向远方。

"你爱男孩吗？"一鹤问。

"爱！很爱很爱！"女孩回答。

"不，你不爱她！因为你总让他痛苦！他的心愿，你到现在都没有完成！"

"不！"女孩声嘶力竭。

"你爱他，就完成他的心愿，好吗？"

一鹤变戏法似的拿出一串冰糖葫芦，女孩嗷的一声，晕了过去。

等女孩醒来，已经在自己的房间。书桌上，男孩看着女孩，笑得灿烂。

女孩慢慢坐下，眼前闪现出一串串的冰糖葫芦。女孩拿起画笔，在画纸上试着画。女孩一连画了好几张的冰糖葫芦，竟然没有晕倒。

女孩打开男孩留下的画作，圆润的指尖轻轻地触摸着柔软的画纸。女孩静静地凝视，沉思，逝去的时光逐渐在记忆里复苏。

女孩铺开了新画纸，开始一笔一画地勾勒，描绘。

女孩画了一夜，终于画完了。女孩累极了，趴在桌上睡着了。

阳光透过玻璃，照在桌子上。

画面上，炊烟袅袅，女孩穿着厚厚的羽绒服，戴着红帽子，一边堆雪人，一边吃着冰糖葫芦。

女孩把男孩的画挂在了墙上，女孩想把自己的画和男孩的画挂在一起。

一鹤说，你画的这幅好，有烟火气，就叫糖葫芦女孩吧。

在一鹤的鼓励下，女孩把这幅画投了出去，没想到，获得了大奖。

一鹤捧起女孩的手，炽热的眼神盯着女孩。

我想做那个雪人身后的男孩，可以吗？

女孩盯着画面，泪珠悄悄地滚落下来。

◀ 青花瓷
·················

1

渴儿默默地盯着站在墙角的青花瓷瓶。

渴儿的神情迷茫又有些呆滞。

渴儿是斜倚在沙发上的，这个角度正对着墙角，可以很清楚地看着这个青花瓷瓶。

渴儿呆呆的，她保持着这个姿势，很久都没有动一下。

这段时间，渴儿经常都是这个样子，她每天什么都不做，就怔怔地盯着这个青花瓷瓶发呆。

青花瓷瓶跟渴儿的个头一般高，做工精细，釉色均匀，摸上去光滑细腻，毫不粗糙。

花瓶是白底儿衬着天青色的花纹，让整个画面更加的纯净，更加的淡雅，更有艺术的渲染力。颈底是线条清晰的云朵纹，素笔勾勒的是庄严繁华的皇宫内院，雕梁画栋，舞榭亭台，水波潋滟，僻静处，一清丽女子在独自抚琴，一动一静，女子的寂寞凄凉飘然欲出，被宣泄得恰到好处。

渴儿喜欢它，喜欢它的布局，喜欢它的色调，喜欢它的澄静，喜欢它的一尘不染。

2

青花瓷瓶是郑利送给她的。

年代久远，自然价值不菲。

只因为逛古玩店时，她随意地说了句，她喜欢这纯净的天青色，郑利就毫不犹豫地送给了她。

郑利是房地产公司的老总，他的资产有多少，自己都说不清。

郑利虽然年龄大了些，但文化底蕴深厚，风度极好，而且心思缜密，很会讨女人喜欢。

反正，渴儿跟他在一起，本就和爱情无关。

双方是心照不宣，各取所需。

所以，渴儿不介意郑利半个月才来一次。

中秋节。

渴儿不想一个人过。

这空荡荡的大房子没有一点儿人气，让渴儿觉得压抑。

渴儿打郑利的手机。

郑利的手机已关机。

这天，渴儿只收到了郑利的一条短信，对不起，亲爱的，我不能陪你过节了，我的老婆孩子在等我。

渴儿没有流泪，这是她预料中的结果。

是的，人家一家人团聚，自己算什么？

渴儿继续望着青花瓷瓶发呆。

3

渴儿很富有。

渴儿的日子很悠闲。

渴儿住在豪华的别墅，出门有车，做饭有保姆，渴儿每天就是开车逛街，在花园遛狗，上网聊天，同邻家太太搓麻。时间长了，渴儿就腻烦了。

难道，这就是有钱人的生活吗？

过有钱人的生活是渴儿一直盼望的。

刚和郑利在一起时，她的朋友、同学，是那么羡慕她，嫉妒的目光几乎要把她吞没了。

二十二岁的渴儿和五十九岁的郑利在一起，她的同学、朋友没有表示反对的，更没有说渴儿这朵鲜花咋就插在牛粪上了，相反的，支持率特高，就跟大屏幕上一个劲往上蹿的曲线。有时甚至还特羡慕渴儿，经常抱怨自己的命不济，没像渴儿一样钓到金龟婿。

渴儿开始的时候特兴奋，恨不得让所有的人都知道，她渴儿有钱了，是阔太太了，她过的是上等人的豪华生活，她不再是过去的那个穷酸的渴儿了。

渴儿频繁地约朋友来家中聚会，迫不及待地向朋友展示她的今非昔比。

喧嚣过后，一切都归于宁静。

可渴儿的内心却空落落的。

渴儿并不快乐。

渴儿总觉得缺了什么。

4

今天的天气格外的好。

湛蓝的天空下，几朵白云漫无边际地飘散，几声鸟啼清脆地划过耳际，青青的草坪发出淡淡的幽香，不知名的花儿悄悄地在枝头绽放，引来蜻蜓麇集，蝴蝶飞舞。两个调皮的男孩，一人掐了一朵花，却还互相争抢着，几个小女孩，竟然支起了画板，要把这美丽的画面收入自己的画中。望着这一幕，渴儿的眼睛湿润了。

这一幕，曾经是多么的熟悉！

忘不了，为了画好一幅画，渴儿背着沉重的画夹，忍饥挨饿，忍着蚊虫的叮咬，跋山涉水——

忘不了，为了画画，渴儿放弃了上重点高校的机会。

那时的渴儿，一心想当一名画家，她发誓，一定要画出最美最好的图画！可现在——这一切，离她是那么遥远。

渴儿享受着豪华的生活，可她的心里始终有一片空白。

5

家里的坐便器坏了，一按不出水，不按小水溜滋滋地淌。

渴儿打电话叫来了修理工。

一开门，渴儿就愣住了。

修理工竟然是孟飞。

孟飞是渴儿在美术学院的同学。

也是渴儿经常在梦里梦到的男孩。

渴儿没想到来的会是他。

渴儿有些尴尬。

渴儿住在这么豪华的别墅，孟飞自然什么都明白，可他什么也没说。

很快地，坐便器就修好了。

孟飞要走了，渴儿才忍不住问，你怎么会干上修理工了？你放弃你的专业了吗？

孟飞笑笑，我为了艺术而活，但也要填饱肚子。我周末出来打工，剩下的五天，我就去外景写生，苦是苦些，但很充实——

充实？渴儿的心一震。这不正是自己缺少的吗？

渴儿知道自己心中的那块儿空白是什么了。物质上的满足给不了她快乐，精神上的充实和满足才是她快乐的源泉——

渴儿留下了一封信："郑利，我走了，我不想再过这种日子了，我要做回我自己。不属于我的东西，我什么都没带，我只带走了我上学时穿的旧衣服，还有那支旧画笔——"

◀ 凤从远方来

刘鹏程脱下上衣，一回头，正撞上姑娘的美眸。

刘鹏程愣住了。他没想到自己的家里会多出一个姑娘来。刘鹏程摸摸脑袋，尴尬地笑了笑："你是？"

姑娘倒不认生，笑着说："你猜？"

刘鹏程飞快地在脑子里过电影，可是并没有这姑娘的影子，想到妈妈急匆匆地打电话叫他回来，这肯定是妈妈为他找的相亲对象了。

姑娘笑声清脆："你不认识我，我可认识你！"

看刘鹏程呆鹅似的，姑娘提醒他："在秦墨的病房里，我们见过面。"

"秦墨？"刘鹏程打量姑娘："你是——"

"我叫何清，是秦墨的表姐。"

说到秦墨，刘鹏程的话匣子打开了。

"其实秦墨很聪明。"刘鹏程说。

刘鹏程是在一年前认识秦墨的。

那天是刘鹏程值班。半夜的时候，刘鹏程接到报警，有人在烧烤店打架。刘鹏程不敢耽误，急忙赶到了烧烤店。刘鹏程到的时候，秦墨正一个人对三个人。秦墨被打得鼻青脸肿，可仍倔强地不肯认输。那是刘鹏程第一次见到秦墨。

那以后，刘鹏程见到秦墨的频率就多了起来，因为秦墨就是老师和家长口中的问题学生，总是和人打架。

秦墨的事让刘鹏程很伤脑筋。党的二十大以来，文安县进入了依法治县的快车道，刘鹏程不允许有人给文安抹黑。秦墨的事，说大不大，可在刘鹏程看来，只要属文安管，那就一个污点儿都不能有。况且，秦墨还未成年，人生观还未成型，现在还能把他弯了的思想行为扳正过来，不然，他的未来实在堪忧。

刘鹏程联系了秦墨的爸妈。秦墨的爸妈离婚了，都在外地，秦墨跟着奶奶过。秦墨的爸爸脾气暴躁："这臭小子，看我回去不揍死他！"秦墨的妈妈一直在哭："警察同志，孩子大了，我也管不了他，你该打打，该罚罚！"

刘鹏程理解了秦墨为什么会变成现在的样子，他为秦墨难过。

刘鹏程想和秦墨做朋友，想把秦墨从偏离的轨道上拉回来，可他每次找秦墨，秦墨都拽拽的，根本不理他。

刘鹏程不管。秦墨不理他，他也照常去找秦墨。时间长了，秦墨不再冷冰冰的，刘鹏程就有意识地带着秦墨参加一些普法宣传活动。

直到那天，秦墨受了伤。

秦墨是和人打架受伤的。打伤秦墨的是比秦墨高两个年级的学生。那个男孩见秦墨受伤严重，怕出人命，连夜逃走了。刘鹏程接到报警，才知道秦墨出了事。

秦墨需要手术。刘鹏程联系秦墨的爸爸联系不上，秦墨的妈妈离得远，要第二天才能赶回来，刘鹏程二话没说，在手术单上签了字，并交了住院费，还照顾了他一宿，直到秦墨的妈妈赶回来。

这次打架不完全怨秦墨。是因为那个男孩骂秦墨没有爸妈，是没人要的野种，秦墨才愤怒的。那一刻，秦墨失去了理智，但秦墨没想到，那个男孩竟然动了刀子。

就是这次秦墨住院，何清见到了刘鹏程。

刘鹏程的记忆一点点地清晰，回归原位。

"这都快一年了，你当初在医院不是谢过我了吗，怎么还谢？"刘鹏程不解。

"不一样！当初是谢你给了秦墨第二次生命，这次是谢你给了他第三次生命！"

"这？"

刘鹏程挠头。第三次生命？刘鹏程蒙圈了。

看刘鹏程呆头呆脑的，何清抿嘴。

"是啊，是你让秦墨重生了。现在的秦墨，就跟换了一个人似的。你带他宣传普法知识，他耳濡目染，知道遵法守法了。而且，他现在也知道学习了，他的目标是两年后要考上大学呢！"

"行啊，这臭小子，他其实一点儿都不笨，他聪明着呢！"

"你们文安景也好，人也好，经济发展迅速，我刚毕业，想来这里工作，你说好不好？"

"来这里工作？你家不是离这很远吗？"刘鹏程疑惑。

"你这个呆子！"妈妈把煮好的饺子放下，一筷头敲到他的脑门："人家姑娘是喜欢你，才愿意来这里工作！"

何清红了脸："秦墨说你是个好人，他总在我面前夸你，说你要是能当他的姐夫就好了。"

"那，那，那，你，你，"刘鹏程太意外了，这天上突然掉下个大美女，让他幸福得眩晕了。

"其实，第一次见到你，我就喜欢你了！在医院，你忙里忙外，连衣服都没来得及换……"

"妈，你快掐我一下，我不是在做梦吧！"

"扑哧——"何清笑了，秀眉弯弯，像天上的月牙。

第三辑

穿衣服的蛇

◀ 对 手

北团林子有两家经营古玩的店铺，一家在街南，叫古香斋，一家在街北，叫古朴堂。

古香斋的老板方文轩五十有六，比古朴堂的当家楚一涵整整大上两旬。古香斋是家传的产业，到方文轩手里已经是第五代了，而古朴堂是新开办的，楚一涵出国回来后，创办了古朴堂。

两家店都经营着古玩，但实际上，真正有价值的东西不多，毕竟是小地方，销量小，真正盈利的还是以书画和日用的瓷器为主。都说同行是冤家，自打街北冒出了古朴堂，古香斋的日子就大不如前。伙计们时而发牢骚抱怨，方文轩只是微微一笑，慢条斯理地呷一口茶，捋一捋八字胡，才朗声道："相嘲相咏何时了，争利争名早晚休。"伙计们就哑然无言了。

方文轩无意争长短，只想安生度日，可古朴堂的当家楚一涵却不这么想。楚一涵是年轻气盛，步步紧逼，一心要挤垮古香斋，成为他一家天下。不仅如此，他更嫉妒方文轩小城第一画家的美名。

方文轩擅画，特别擅画红梅。在方文轩的手里，那些梅花就仿佛有了生命，在干枯的枝桠上，迎风傲雪，凌霜而开，一片片，一朵朵，热烈地绽放，炙热的红拥抱着严冬，要把这冰雪融化，形神灵动，大气飘逸，梅韵悠悠，梅香阵阵。

楚一涵极不服气。他的国画练习多年，画法、画技都已达到炉火纯青之境界。留学国外，他更博采众家之长，画风刚毅、凛冽，可在小城，没人知道他擅画，他的名头，远不及方文轩的响亮。

这天，古香斋的门一开，就有人送来了挑战书：一山不容二虎，三日后，醉仙楼，一画定输赢。我输，古朴堂归方文轩所有，你输，古香斋就归我楚一涵所有。

消息轰动全城，小城人争相目睹。

三日后，楚一涵踌躇满志，前呼后拥地来到了醉仙楼，方文轩早已到了，两个人进了屋就关起了房门。有好事之徒闻风打探，却听不到一点儿动静。

从早晨一直到日落将西，两人才打开房门，携手而出。事后，古香斋依然是古香斋，古朴堂依然是古朴堂，但此后，楚一涵的名头直追方文轩，两人并称小城画坛的黑白龙。

不久，日本人占领了小城。长官小野一郎是个中国通，喜欢中国文化，不知怎的，他知道了方文轩藏有一幅唐伯虎的真迹《秋香图》，就上门索要，方文轩怎肯让国宝流入他人之手，就被抓入大牢，严刑拷打。

不久，楚一涵也被抓了进来。

原来，小野喜欢画画，他想举办一次绘画比赛，展示一下自己的才艺，也想借机侮辱中国人民，可小城有名的黑白龙让他不得不忌惮。《秋香图》勾起了他的贪念，他借机抓起了黑白龙，砍掉了他们的右手，才把他们放了出来。

比赛那日，老百姓都被驱赶到了台前。大家都知道，画家最重要的是手，小城的两位名家都被小野砍掉了右手，哪里还有人能和小野比拼？小野是志在必得！

小野在台上疯狂地叫嚣，你们中国无人，是！你们中国文化，不如我们的大日本文化！

突然，人群一阵骚动，人们呼啦啦地让开了一条通道，方文轩和楚一涵从从容容地走到台上。

"我来应战！你敢不敢比？"楚一涵朗声叫道。

"一个残废？中国无人哪！"小野装腔作势。

宣纸铺就，笔墨展开。

楚一涵左手执笔，调料泼墨，挥洒自如，顷刻间，宣纸上就现出干枯的枝丫，层层的梅花，朵朵的梅花，含苞待放，喷薄欲出。楚一涵抬起右臂，纱布中缓缓渗出的鲜血滴洒在纸上，立时，花苞尽开，红梅绽放，笑傲风雪，脉脉留香。

小野惊呆了，手中画了一半的《猛虎图》啪的一声，掉到了地上。

台下百姓一片叫好之声。

等小野醒过神来，方文轩和楚一涵已经在百姓的掩护下逃出了小城。

小野不知道，楚一涵是画狂，他的双手都能作画，左手甚至比右手画得更好。

"方先生，那幅《秋香图》呢？"

"放心，我老早就转移了，要不，早叫他们搜去了。"方文轩顿了顿，"你才是名家，这幅《红梅图》，可谓是传世之作。"

"多谢先生教诲！那日与先生比画，先生教我六字真言，静、禅、悟，精、气、神，让我顿悟！"

"画品如人品，一样有灵魂啊——"

"所以才有了今日红梅的神韵，红梅的风骨啊——"

方文轩和楚一涵击掌而笑，从此不知所终。

新中国成立后，楚一涵的那幅《红梅图》成为绝品，和唐伯虎的《秋香图》一起藏于小城的博物馆。

◀ 指 甲

三少爷喜欢留指甲。

三少爷的指甲又细又长，柔韧有度，光滑如镜。

三少爷自然是须眉，可须眉男儿却托生了一副女儿的模样。清秀俊朗，冰肌玉骨，尤其那双纤纤玉手，比女儿家的还要细致、耐看。

三少爷很得意自己有双好看的手，闲来无事，就要把自己的手好好打扮一番。

花园里种着指甲草花，也叫小桃红，丫鬟们常用它来染指甲。先把指甲草花弄碎，捣成汁，再加点儿明矾，和均匀了，抹在指甲上，用薄塑料包好，再用细线绑紧。挺一宿，第二天早上，指甲就变成粉红粉红的了。

三少爷的指甲还会变换颜色。今天是粉红，过几天就变成大红，或者是紫，淡黄，甚至是亚麻色。

三少爷姓方，他的两个哥哥都夭折了，方老爷年近五十才有了他，自是娇惯异常。

方老爷富甲一方，家业殷实，自然寄厚望于三少爷，希望他能继承父业，光宗耀祖。可这三少爷不喜做生意，也不喜读书，却喜欢那无赖的指甲花。三少爷不但自己染指甲，还动不动就叫仆人和丫鬟们染指甲。

方老爷这个气呀，这么不务正业，将来还能有什么出息？

这天，方老爷正在午睡，邻居周三来告状，三少爷在外面玩，看见了周三家的鹅，三少爷竟然把鹅的嘴都用木棍支起来了，差点没把鹅憋死。

三少爷如此顽劣，方老爷终于下狠心，要好好教育三少爷，要让他知书识礼。

方老爷把三少爷送到了省城读书，并派仆人周旺照顾他。

三少爷来到了省城，眼界一下就宽了。在省城三年，三少爷已出落得英俊儒雅，仪表堂堂，身上的顽劣气也改了许多。

三少爷迷上了京戏，特别是花满楼演的穆桂英和梁红玉，把巾帼不让须眉的英雄豪气演绎得淋漓尽致。

三少爷欲拜花满楼为师，花满楼不允。可三少爷却铁了心，没事就赖在戏班。

当时，日本侵略军占领了东三省，老百姓生活在水深火热之中。三少爷和同学一起游行，宣传抗日，不想和警察发生冲突，三少爷被打伤。

三少爷踉踉跄跄，无处躲藏，情急之下，跑到了戏院。台上正在演穆桂英大破天门阵，花满楼把三少爷化妆成了穆桂英的女兵，这才躲过了警察的搜捕。

原来，花满楼是地下党，唱戏是他的伪装。

花满楼原以为三少爷是纨绔子弟，却不想时间久了，才发现三少爷心地善良，对穷苦百姓有同情心，更对日寇切齿地痛恨。花满楼终于同意教三少爷学戏，却不让三少爷叫师傅。花满楼说，年轻人，还是多学文化好。

彼时，三少爷依然喜欢留指甲。三少爷的指甲依旧很长，细细的，尖尖的，圆润光滑，只是，三少爷，不再染指甲。

三少爷得空就跟花满楼学戏。

还别说，三少爷还真是演戏的料，不但唱得字正腔圆，还把个刀枪剑戟舞得虎虎生威。

那一晚，道具师突然发现皇后的指甲套折了，可演出马上就要开始了。惊慌之下，就想起了三少爷的长指甲。

救场如救火，三少爷匆匆上妆。锣鼓声起，轻纱蔓延，指甲飞绕，一亮相，就获得了满堂彩。

花满楼喜欢得不得了："好小子，好好保护你的长指甲，它可是大功臣呢！"

三少爷腼腆地笑笑，更加爱惜他的长指甲。

省城里接连有日本兵被枪击身亡，震撼了小野队长，于是全城戒严，到处搜捕。

三少爷被抓走了，在他的身上，搜出了两把手枪。

三少爷是为了掩护花满楼才被抓的。

这次是为了打击日本人的嚣张气焰，唤醒国人抗击日寇的决心，才组织实施了刺杀日本士兵的计划。

日本人严刑拷打，三少爷细嫩的身上都没有一块儿好地方。谁也没想到，看似柔弱的三少爷却非常刚强，始终咬紧牙关，一声不吭。

小野想要得到情报，三少爷是唯一的线索。

这天，小野来到牢里，对三少爷又是一番恐吓和利诱。

三少爷瞪着小野："你放开我，我可以跟你好好谈谈。"

小野喜出望外，亲自打开了牢门。

三少爷走出牢门，缓缓地活动着筋骨。

突然，三少爷扑向小野，双手紧紧地抓住了小野的脖子。

跟着小野的卫兵急忙拉动枪栓，却不敢开枪。

小野瞪着双眼，脸因为惊恐而变得扭曲恐怖。

三少爷哈哈大笑，长长的指甲嵌透了小野的气管。

枪声砰砰地响起，鲜血喷涌而出。

三少爷缓缓倒下，双手却没有松开，十个指甲死死地嵌在小野的脖子上。

◀ 菊 花

东北有一座小城，叫北团林子。

九一八事变后，小城一下子涌进许多的日本鬼子。日本鬼子横行霸道，他们烧杀劫掠，无恶不作，老百姓生活在水深火热之中。

有几支抗联武装，藏匿于深山老林，时常出其不易地给日本鬼子沉重的打击。

这一日，掌灯时分。

迎春楼。

菊花慵懒地起身，点朱唇，画蛾眉，就听得外面几声清脆的枪响。菊花也没在意。

菊花对镜理着云鬓，那闭月羞花的容颜，让多少男人魂不守舍，垂涎欲滴！可那些男人对菊花来说，都如过眼云烟。

菊花怔怔地凝视着自己，那珍珠般的大眼睛闪亮了一下，又黯淡了。哎！菊花叹息了一声，沦落风尘，什么时候是个头？

突然，就听得噌的一声，从窗户跳进一个人来。菊花吓了一跳，本能地哎呀一声！细一打量，是一个年轻男子，男子拿着枪，随着跃进来的力道，硬生生地跌坐在地上。

"你——，你——，你是什么人？"菊花哆嗦着。

"姑娘，别怕，我是抗联战士。"

"你是抗联？"菊花张大了嘴。

"是！有地方躲一下吗？日本鬼子在追我！"

此时，院外一阵喧嚣，显然是日本鬼子追来了。

菊花来不及细想，急忙打开装衣服的箱子，让男子钻进去。好在男子的个头不高，正好畏缩在箱子里，菊花又在上面盖了一层衣物，才锁上了箱子。

此时，日本鬼子已在挨屋搜查，听他们叽里呱啦地说着日本话，乒乒乓乓地满屋子折腾，菊花的心扑通扑通地，七上八下。

"菊花，几日不见，越发的招人稀罕了。"

"哟，年队长！"菊花大喜过望，此人是保安队的队长年富。

"年队长，可好些日子没来了，人家都想死你了。"菊花娇嗔的往年富的身上贴去。

年富坏笑着，掐了菊花一把。

"今儿不行，正到处抓抗联呢！"

"抓抗联还抓到妓院来了？真是的！这屋子你再熟悉不过了，你瞧瞧，哪儿能藏人。"

年富站在门口，往屋里瞄了一眼，朝手下挥了挥手，离开了。

天哪！菊花的心都提溜到了嗓子眼！

年轻男子谢过菊花，就要离开，菊花急忙拉住他："日本鬼子刚走不远，你不怕被撞见吗？况且，外面到处都是他们的爪牙，你又受伤了，还能往哪儿去？"

"那怎么办？"年轻男子心急火燎的。

"你若信得过我，就暂时待在这，等风头过了，再走也不迟啊！"

菊花把男子藏在了一个装杂物的房间里，可这毕竟是一个大活人，哪藏得住，刚刚两天，就被老鸨吴妈发现了。

吴妈吓坏了，急赤白咧地把菊花好顿骂，还要撵男子走。

没想到，往日温婉顺从的菊花上来了倔脾气："你要是撵他走，我就再不接客，看你还咋挣银子。"

说到银子，吴妈心软了。菊花可是迎春楼的头牌，迎春楼可全靠她支撑呢！

菊花趁热打铁，"抗联的人，都是英雄，是专门打日本鬼子的。我们都是中国人，我们不帮自己人，还去帮鬼子吗？"

"吴妈，只要你不撵他走，我这一个月挣的钱都归你了。"

"真的吗？"吴妈喜出望外。

男子的伤在腿上，伤口已经开始红肿化脓。菊花要去请大夫，被男子拉住，"这时候，诊所和药铺，一定都布满了暗哨。"男子说："给我找把刀来，越锋利越好。"

菊花吓了一跳："你要做什么？"

"把子弹取出来！"

天哪！只听说书的讲过关公刮骨疗毒，以为那是神话，没想到，这回见识了。

在菊花的帮助下，子弹终于取出来了。男子疼得差点儿昏死过去，可硬是一声不吭，叫菊花好生敬佩。

在菊花的精心照料下，男子的伤日渐康复，这时，菊花才知道男子叫才一鸣，是杨靖宇将军的部下。这次，是上省城购买粮食和药品的。

菊花很是兴奋。

她听说过抗联，在她的意识中，抗联是无所不能，神通广大的。

"抗联里有女战士吗？"

"有哇！"

"她们会打枪吗？"

"当然，战士必须会打枪啊！"

"那我也想加入抗联，你们会要我吗？"

那你为什么要加入抗联呀？

"日本鬼子太坏了，他们占领我们的土地，杀害我们的亲人，就是我们这儿的姐妹，哪个没被他们欺负过，他们根本不把我们当人看。"

才一鸣笑了："打鬼子我们当然欢迎，但我得向上级汇报。"

菊花涩赧地低了头，从此有了两重心事。

才一鸣伤好后，菊花把他化装成生意人，送出了北团林子。

分手时，菊花捧出一个沉甸甸的小木箱。

"这是我所有的积蓄，只要你们不嫌弃，我愿意为打鬼子出一份力。"菊花哽噎了。

"怎么会？沙粒凝结成大道，滴水才能汇成江河——"才一鸣紧紧地握住菊花的手。

此后，菊花经常为抗联传递情报。

后来，才一鸣在一场战斗中牺牲了，才一鸣死后，战友把一个带血的同心结交给了菊花，那是菊花给他的定情信物。

再后来，菊花就失踪了。

三年后，在解放北团林子的战斗中，一神枪手潜入城里，打开了城门，一人打死了二十七名鬼子，有人认出，正是失踪了的菊花——

◀ 聚　会

　　车子经过漫长的等待，经过蜗牛般的爬行，终于穿过了繁华的市区，车子憋足了劲，车速开始加快，一栋栋楼房，一个个站牌，都被它甩在了后面。

　　郊外的柏油路越来越宽阔，路两旁是一排排枝繁叶茂笔直挺拔的白杨，透过白杨的空隙，可以看到一望无际的农田，高高的玉米和矮墩墩的黄豆比赛般各展身姿，在风中摇曳。

　　赵大宝的眼睛紧盯着窗外，越接近目的地，他的心越咕咚咕咚地跳得厉害。他的双手紧紧地攥在一起，身体有些轻微地颤动。

　　车子开上了山坡，在七月花公墓前停了下来。

　　赵大宝下了车，他一眼就看见穿着一身绿军衣戴着绿军帽的李卫国。

　　已经六十年没见，但赵大宝确定他就是李卫国。

　　是啊，50 年代的绿军装，除了他们，现在谁还会穿在身上？

　　两人的眼神有几秒钟的凝视，顷刻就爆发出热烈的火焰，赵大宝抑制不住的波涛汹涌，脚步一滑，一个趔趄，李卫国已迎了

第三辑　穿衣服的蛇

上来，一把抓住了他的手。

"赵大宝！"

"到！"赵大宝瞬间立起，啪的一个立正，行了一个标准的军礼。

"好！"李卫国也神情肃穆，还了一个军礼。

"班长！"

"老赵。"

两双大手紧握了两下，两个都已七十九岁高龄的老人就紧紧地拥抱在一起。

"班长，你还活着？"赵大宝哽噎了，李卫国也抑制不住，泪眼模糊。

六十年前，为保家卫国，中国人民志愿军跨过了鸭绿江，奔赴朝鲜战场。

那时的赵大宝和李卫国，刚刚十九岁。

战争是残酷的。

炮火连天，硝烟弥漫，一个个鲜活的生命被无情地掠夺，变成了残骸碎片，变成了泥土灰烬。

赵大宝和李卫国没有退缩，想到家乡，想到亲人，他们一身豪情，满腔热血！闯过了枪林弹雨，淌过了战友们的鲜血，更坚定了他们保卫祖国的信念。

那一场仗，打得异常艰苦。

为配合大部队出击，李卫国奉命带领两个班坚守一个无名高地。他们的任务就是坚守二十四小时，拖住敌人的兵力。

敌人以一个团的兵力压过来，疯狂地发动了一次次的进攻，都被他们拼命地挡了回去。

敌人越来越多，可他们的弹药已经所剩无几，战友们也一个个地倒了下去。

这时，他们听到远方炮声隆隆，大部队已经开始进攻，他们终于完成了任务。

面对蜂拥而来的敌人，李卫国和剩下的两名战士拿着最后的三颗手榴弹，冲向了敌人——

这一次战役，被称为无名高地保卫战，和上甘岭一样，被编进了教科书，还改编成了电影。

人们都以为李卫国牺牲了。可李卫国没有死。

他受了重伤，被美军抓了俘虏。

美军给了他三条路，一是去日本，二是去台湾，三就是死。

李卫国宁死也要回到祖国的怀抱。

一九五三年战争结束，双方交换战俘，李卫国回到了家乡。

此后，李卫国就默默地在家乡种地，后来又娶妻生子，过着老百姓的平常日子。

几十年过去了，一天，李卫国的孙子无意间跟他说起："爷爷，网上说的无名高地保卫战，那个英雄也叫李卫国，和你一个名字。"李卫国叫孙子查到了那个网页，他才知道，那是赵大宝写的《抗美援朝纪实》。赵大宝还在，他的战友，还在呢！

李卫国异常激动，他马上跟帖留言。

很快，他就收到了赵大宝的回复。没错，赵大宝正是他当年的战友。当时，赵大宝分在了另一个班，追随着大部队。

于是，两位老人约定在七月花公墓相见，因为，他们的连长，就葬在了这个墓园。

赵大宝和李卫国给连长献上了鲜花儿，他们和连长说了好多话，最后，赵大宝和李卫国给连长敬了个标准的军礼。

回来的路上，赵大宝拉住了李卫国："还记得宝祥吗？当年，他是三排的。他现在得了脑梗，住进了医院。"

赵大宝和李卫国来到了医院，宝祥的眼睛立刻放出了光亮。

"老兄弟，快起来！你忘了今天是什么日子了吗？"

赵大宝拉开绿背包，小心翼翼地拿出一面五星红旗，红旗破了一角，竟是当年的炮火留下的痕迹。

"老兄弟，今天是八一建军节呀！"赵大宝和李卫国整了整衣帽，庄严地把右手举起，宝祥倚着棉被，艰难地支撑着，向着五星红旗，举起了右手——

◀ 复 仇

夜色深沉，万籁俱寂。

月亮悄悄地隐入云层，黑暗默默地席卷着大地。

突然，窜出四条黑影，悄悄地接近了城门楼。

守城的士兵在灯光下来回走动，不远处传来了咔嚓嚓的脚步声。

是宪兵队的巡逻队。

大妮向伙伴们打了个手势，迅速地隐入了黑暗中。找到最佳的进攻位置，只待约定的时间一到，总攻就会开始。

终于等到了这一天！大妮咬紧牙关，全身都在颤抖。

仇恨让大妮血脉偾张，一年前的情形，又浮现在大妮的眼前。

大妮是大罗村人。日本兵开进村里时，正是人们做晚饭的时候，只听得乌鸦乱鸣，鸡飞狗跳，人们撇了锅铲，可想跑已经来不及了。

日本鬼子把老百姓赶到了村西头，见到漂亮的女人就拖走了。人们愤怒地上前，枪声响了，人们倒下一排又一排，血流成河，尸体堆成了山。

"爹！娘！"大妮嘶喊着，挣扎着。

"花姑娘，大大的漂亮！"小野咽了口唾沫，恶狗般地扑了上来。

"爹！娘！"大妮声嘶力竭，声音越来越弱。

小野下去了，又扑上来一个鬼子，大妮已经不知道疼痛，她的身体已经麻木，她已经哭不出声音来。

夜黑漆漆的，大妮从死人堆里爬出来。

爹，娘，弟弟妹妹，还有这一村子的乡亲，白天都还活蹦乱跳的，可现在却成了一具具冰冷的尸体。

大妮撑起身子，向前爬去。不知爬了多远，大妮又昏迷过去。等大妮清醒过来，她已经躺在了一个小木屋里。

是猎人旺林叔救了大妮。

旺林叔是神枪手，大妮伤好后，就缠着旺林叔学打枪。

这天，大妮偷偷下了山。

趁着夜色宁静，大妮瞄准了一个落单的鬼子。

砰砰两声枪响，鬼子应声倒地。

"天啊！我真的打死了鬼子！"大妮的心怦怦直跳，双手不停地颤抖。

枪声惊动了其他的鬼子，大妮急忙窜街入巷，仗着地形熟悉，迅速地隐入了黑暗中。

大妮初战告捷，信心倍增，可她知道，要杀死仇人不是易事，小野的身边到处都是卫兵。

大妮第三次潜入了小野的队部。

小野也不是好惹的，增加了岗哨，加强了巡逻。士兵都胆战心惊的，不敢落单，大妮就没有下手的机会。

好不容易有一个士兵停下来小便，大妮急忙扣响了扳机。

枪声一响，日本兵就追上来了。

大妮一慌，滑倒了，日本兵就包围了她。

这时，密集的枪声响起，包围她的鬼子死的死，逃的逃。

一个威武的男人对她喊："跟我走！"

男人对地形很熟，穿街过巷，脚步很快。

在一个僻静的巷尾，男人轻轻地敲了敲门，门开了，男人带她进了一个地下室。

"放心，有我的弟兄在接应，没事了。"男人说。

"你是什么人？为什么要救我？"

"我是抗联。"男人语音洪亮。

大妮一下子惊呆了，她听说过抗联，知道抗联是专门杀日本鬼子的。

"我知道，你要杀鬼子，要报仇，可光凭你自己的力量，能把鬼子杀干净吗？你看看，你这杆猎枪，都破旧成啥样了。你再好的枪法，也没用武之地啊。"

"加入我们吧！"男人伸出手。

大妮的眼泪瞬间滑落下来。

大妮在部队里勤学苦练，样样不落人后，特别是枪法，已经出神入化，百发百中。

大妮跟着队伍，杀鬼子，劫军粮，端炮楼，时不时地给鬼子来个迎头痛击，搅得小野日夜不安。

这回，大妮和三名战士潜入了城里，要里应外合，拔掉小野这根刺。

大妮看了看怀表，凌晨一点就要到了，只要大妮的枪声一响，总攻就开始了。

"龟孙子小野，我一定亲手宰了你！"大妮的手指扣动了扳机。

灯灭，士兵倒下。

大妮又冲向守城的士兵，两名战士火力掩护，一名战士冲出去打开了城门。顿时，炮声隆隆，杀声震天。

大妮领着战士向小野的队部冲去，半路上，正遇到小野。

大妮枪法如神，又打死了好几个鬼子，鬼子们四处逃散。

"小野，还认得我吗？"

"你？大罗村的美女？"

大妮冷笑："不错，我大难不死，我要为大罗村那些被你杀害的百姓讨还血债！"

"八嘎，我不会向女子低头的！"

"啪！"的一声枪响，子弹打中了小野的膝盖，小野一下跪了下来。

"你这个魔鬼！"大妮嘶喊着，子弹冲着小野的眉心飞去。

第四辑 紫色蝴蝶

◀冬　至

杠爷顶着雪花，在村口张望着。

北风凛冽，飞雪漫天，大地白花花的一片。杠爷不时地拍打着身上的雪花，但那雪花就像调皮的孩子，杠爷刚一停手，它就又扑了上来。

杠爷不时地搓搓手，跺跺脚，拍拍脸，可大道上，还是连个人影都没有。渐渐地，杠爷的眉毛、胡子都变成了白色，脚趾也开始麻木，可杠爷还在张望着。

"老哥，这大冷的天，你不在家趴热炕头，在这干吗呢？"全爷不知道从哪里钻出来。

杠爷乜了一眼全爷，心想：你个老东西，明知故问！我在等我儿子回来，你呢？跑这转悠啥？不也是来望你儿子吗？

杠爷就在鼻孔里哼了一声："散步。你呢？"

"我也散步。"全爷哈哈着，转悠了一圈，拽着四方步，走了。

"呸！"杠爷冲着全爷的背影吐了一口。

不怪杠爷生气，这全爷处处和杠爷作对，两个人明争暗斗了几十年了，谁也不服谁。

其实，杠爷和全爷都曾是放牛娃，两人好得焦不离孟，孟不离焦的。

全爷幸运，八岁那年丢下了放牛鞭，进了学校。杠爷羡慕得不得了，一个人在山上哇哇地哭。

杠爷不服气，用自制的冰爬犁换得全爷教他识字，算术。

命运也眷顾了杠爷，哥哥渡过了鸭绿江去抗美援朝，杠爷也因此可以免费上学了。

杠爷年龄大，又因为有自学的基础，所以直接就上了二年级。杠爷肯用功，成绩突出，期末竟直接跳入了四年级，跟全爷一个班。

此后，俩人一起务农，一起娶亲，连生儿子都是在一年。按理，有这样的缘分俩人应该更亲近，可俩人年纪大了，脾气也见长，总想各方面都超过对方。

天渐渐地黑了，杠爷还不死心。明明说好了的，儿子应该回来的呀！

"老哥，还没回呢？"全爷又阴魂不散地转悠回来。

杠爷没吭声。明天是冬至，你不也是在等你那当总经理的儿子回来祭祖，好显摆显摆嘛！

"这天嘎嘎地冷，还是早些回去吧！明天要去祭祖，可别把自己冻病了才好！"

全爷转悠了一圈，踩着脚印回去了。

天越来越黑，儿子还没有回来，杠爷的心里七上八下的。

"老哥，抽支烟。"全爷又转悠回来，递给杠爷一支南京烟。

"我有。黄山。是我儿子去黄山给带回来的。"杠爷推开全爷的手。

"知道，你儿子孝顺。"全爷赔着笑。

杠爷瞪起牛眼："当然！我儿子嘛！"

"是，是。"全爷一边应着，一边打着打火机。可风太大，火机刚冒出火苗，就被风吹灭了。

全爷伸出一只手，杠爷伸出一只手，挡住风，才终于点着了烟。

有了烟火气，杠爷觉得身上不那么冷了。

终于过来一辆车，杠爷和全爷同时上前，车子却在路口拐弯了。

全爷看了看杠爷。

杠爷看了看全爷。

"哥，别等了。走，上我那喝两盅去。"

杠爷犹豫，还在向远处张望。

"走吧！什么都看不见了，还死等个啥！"全爷拉着杠爷回了家。

"快，上炕。还是咱家的火炕暖和。"全爷放上了炕桌，拿来了高粱烧。

一杯酒下肚，全爷和杠爷的脸就红了。

"老哥，我们不较劲了。你比我强，我认输。"全爷说。

"不，我认输。你儿子是总经理，比我儿子强。"杠爷又喝了一口。

"你儿子也不赖呀，都是局长了。"全爷也喝了一口。

"局长有个屁用，连家都不回。"杠爷骂了一句。

"哥，你儿子没回来，我儿子也没回来，咱俩还争个球！"

"不争了。不争了。喝！"

"老哥，其实我真妒忌你，你毕竟还有我老嫂子跟你做伴呢！"全爷泪光闪闪。

"嗯！这个我可不跟你争。"杠爷又干了一杯。

"老哥，争来争去，咱俩都是输家啊！"

"不怕！明天咱俩齐上阵。你敲锣，我打鼓，一起祭先祖。"

"好！干！"

"兄弟，还有南京不？"杠爷突然笑了，"是姜寡妇食杂店的吧？"

"呵呵，你的黄山，还不是一样——"

杠爷和全爷都笑了，笑着笑着，都满脸是泪。

◀ 紫色蝴蝶

萧子滕的心里有一只蝴蝶。

那是一只紫色的蝴蝶。

星河璀璨，冰壶高悬。

萧子滕没有丝毫的睡意。他坐起来，披衣下床。靠西墙边，有个木制的柜子，那里面装的是萧子滕的宝贝，萧子滕从来不让人碰。

萧子滕打开柜子，明亮的月光照进来。柜子里是一只只的风筝，蝴蝶风筝，紫色的蝴蝶风筝。

萧子滕拿起一只风筝，轻轻地抚摸着。十六年了，萧子滕每年都会做一只蝴蝶风筝，可是他的风筝始终没有送出去。十六年了，歌儿到底在哪儿呢？

十六年前，萧子滕刚过了十八岁生辰，生性好动的萧子滕来镇上游玩。他从颜府路过，一只风筝从墙里飞出来，落到了他的脚边。他正犹豫着要不要去捡，两个脑袋从墙上探出来。

"哥哥，能帮我捡下风筝吗？"小男孩稚气的声音。

"麻烦公子了！"女孩一手拽住男孩的衣领，一手接过风筝，眼睛清亮亮的，若天上的星辰。

女孩和男孩继续放风筝。女孩不知道，萧子滕跳上墙头，爬上树，坐在树杈上，优哉游哉地看着她们姐弟俩放风筝。

女孩就是颜歌。

萧子滕见过小时候的颜歌，那还是十年前。萧子滕的父亲和颜歌的父亲是故交，萧子滕随父亲来过颜府。后来，萧子滕随父进京，两家就没再见过面。这次父亲被撤职，全家搬回了荣城。安排妥当，萧子腾出来游玩，不想惹到了风筝，惹到了颜歌。这是萧子滕第一次见到长大后的颜歌。颜歌叫他公子，显然，颜歌没有认出他。或许，连他小时候的面貌，颜歌都早已忘记了。

出没花间兮，宜嗔宜喜；徘徊池上兮，若飞若扬。蛾眉欲颦兮，将言而未语；莲步乍移兮，欲止而仍行。

萧子滕一下子想起了这首诗，他哂笑，这是大家闺秀的典范，可颜歌呢，哪有丝毫大家闺秀的样子？颜歌的脸蛋红扑扑的，手紧握着风筝线，在绿色的草地上奔跑，跳跃，那灵动的身影一闪一闪的，让萧子滕的心随之起伏。

萧子滕回去后就求父亲，带他去颜家拜访。父亲本不想去颜家的，毕竟被撤职了，人走茶凉啊！可又一想，以后要在这里生活，颜家虽在镇上，可难免有碰面的时候，论从前和颜家的交情，不去拜访，再碰面就尴尬了。父亲同意去一趟，但告诫萧子滕，萧家不似从前，他配不上颜歌。

颜歌从弟弟的嘴里知道了萧子滕就是那个给她们捡风筝的人。颜歌没想到，母亲悄悄地告诉她，父亲有意把她许配给萧子滕，让她悄悄地看一眼。丫鬟卷起珠帘，颜歌就看到父亲陪着萧子滕父子，在长廊里走过。萧子滕一身白衣，清风霁月。颜歌红了脸颊，心如鹿撞。

萧子滕听了父亲的话，对颜歌不敢奢望了。没想到，颜歌的父亲没有因为萧家落魄改变态度，待老友一如从前，并主动提出，要把颜歌许配给萧子滕。

柳暗花明，萧子滕欢呼雀跃。知道颜歌喜欢紫色，萧子藤亲自动手，做了一只紫色的蝴蝶风筝，送给了颜歌。

颜歌很喜欢这只紫色的蝴蝶风筝，每晚睡觉，她都要抱着它。

颜歌就要嫁给萧子滕了，萧家和颜府都分外的忙碌。

风云起，叛乱生。萧子滕被官兵抓走，去打仗。

几年后，叛乱平息，萧子滕成为将军。萧子滕回荣城找颜歌，没想到，颜歌跟随家人一起躲避战乱，就再没有了消息。

眨眼就是十六年，萧紫藤为颜歌做的风筝已经有了十六只。

这日，萧子滕和同僚聚会，席间，一女子的歌声吸引了萧子滕。

战马嘶鸣，剑戟染血。野地尸横，亲人离去。

吾心惶惶，吾无所依。月满西楼，携影相泣。

女子的歌声冷凄，哀怨，歌词更动人心弦。萧子滕放下酒杯，打量女子。蓦地，萧子滕起身，颤抖着声音："姑娘可是荣城人？"

颜歌闻言抬头，两人四目相对。

"公子——"

"歌儿——"

颜歌百感交集。命运跟她开了个大玩笑，她已沦落风尘，却又偏偏遇着他。颜歌扔下琵琶，捂脸跑了出去。

萧子滕几次去见颜歌，都被颜歌拒之门外。萧子滕无奈，只好强硬地告诉颜歌，他们的婚约有效，十日后花轿上门迎娶颜歌。

颜歌哭了三日。当年，萧子滕给她捡风筝，一眼万年，萧子滕已经刻在她的心里了。但她已是残花败柳之躯，配不上萧子滕。颜歌悄悄地离开了。

三年后。红石寺。

夕阳西下，木鱼声声。

萧子滕下马，大步走向院门。

"歌儿，如今我头发都白了，你还让我等多久？"萧子滕拿出紫色的蝴蝶风筝，"歌儿，自从那一天，看到放风筝的你，你就住在我的心里了。"

颜歌抱起风筝，两行珠泪滚滚落下。当年逃难，颜歌带着萧子滕送她的那只紫色的蝴蝶风筝，谁料遇上了叛军，父母和弟弟都被杀死，她眼睁睁地看着那只蝴蝶风筝被践踏，被踩碎，她的心也碎了。

第二天，萧子滕带了花轿来接颜歌，却见到了颜歌的尸体。

萧子滕亲手给颜歌换衣服。蓦然，颜歌左肩膀上的烙印落入眼帘。那是一只翩翩欲飞的蝴蝶，紫色的蝴蝶。

◀ 归来的陌生人

村口有两棵老榆树，两棵树的距离约有一米左右，奇怪的是，在离地面三米高的地方，两棵树开始交叉拥抱，树叶和枝丫都长在了一起，枝繁叶茂，互相融合，不分你我。

这天，来了一个老人，他激动地抚摸着老榆树，嘴里喃喃道："没想到，这么多年了，你还在——"

"你是谁呀？"我忍不住问。

我年纪大了，干不动活了，就在老榆树的旁边，开了家食杂店。

"我姓许，我是来找李紫的。"老人擦了擦浑浊的眼睛。

"李紫？我不知道啊！"我想了又想。

"她今年九十二了，夫家姓吴。"

"哦，你说的是不是吴奶奶呀？我们村里就她九十多岁！你看，不远就是她家。"我耐心地给老人指路。

吴奶奶的丈夫去世多年，大儿子在城里打工，小儿子随船出海，吴奶奶跟着女儿生活。吴奶奶患有脑血栓，行动不便，平时很少和人来往，不知道这位老人是吴奶奶的什么亲戚？我在心里画了个问号。

吴奶奶的院子里种了一棵紫丁香，花儿开的时候，香气浓郁，飘出院外。吴奶奶的很多时间，就是坐在轮椅上，看着丁香的叶子爬满枝头，看着花蕊一点点儿地绽放，看着残花落地，叶入泥土。

　　让我没想到的是，老人到吴奶奶家的第二天，吴奶奶就破天荒地出了家门。

　　老人的年纪显然也不小了，头发已经全白，但身材依然笔直。老人稳稳地推着轮椅，早晨有些凉，老人细心地把薄被盖在吴奶奶的腿上。

　　老人推着吴奶奶来到老榆树下。他们时而轻声细语，时而盯着老榆树发呆，只是吴奶奶的脸色越来越红润，平日里异常干枯的眼神也有了光彩。

　　这以后，每天吃过早饭，老人就推着轮椅，和吴奶奶一起接受阳光的沐浴。每次，两人都要两三个小时才回去。中午午睡后，轮椅又咿咿呀呀地响起来，老人很小心，不让轮椅碰到门边边。

　　老人和吴奶奶都不大说话，但他们的一个眼神，一个动作，对方却都能明白。

　　吴奶奶痴痴地看着老榆树，常常看着看着就打起了瞌睡，老人就拿起搭在自己臂上的衣服给吴奶奶披上。

　　老人的动作非常轻，生怕惊醒了吴奶奶。

　　老榆树下有几个长条凳，牢牢地钉在地上，日子久了，已经油漆斑驳。

　　村里的青壮年都出去打工了，留守的老人侍候着不多的土地，闲暇时，就好往这老榆树下聚。老人天天推着吴奶奶往老榆树下来，慢慢就和大伙熟稔起来。

一天，老榆树下没有旁人，吴奶奶枕着阳光，惬意地打着鼾声。我忍不住好奇，就和老人攀谈起来。

"我叫许泽，曾经也是这村子里的人。"

"我怎么不认识你？我从小就在这个村子长大，可我从来没见过你？"我疑惑。

"我都离开这多少年了，不怪没人认识我！我就是个陌生人。"许泽神情落寞。

"许泽？"我猛地一震，"你是神枪许？"

我小的时候，听人说，我们村有个神枪手，枪法了得。当年，他带领着几名战士，被日本兵包围了，他的子弹百发百中，打死了好几个日本鬼子，几个人成功突围。老百姓都叫他神枪许。对，他的名字就叫许泽。

许泽有些儿羞赧，"那都是老皇历了，我现在就是一个老兵。"

我没想到，这个满头白发普普通通的老人，竟是当年那个让日本鬼子闻风丧胆的神枪手。我肃然起敬。

许泽用手指轻轻地弹了弹烟灰："那时年少，我喜欢上了一个人，她叫紫儿。当年，在地主周扒皮家里，我是长工，她是丫鬟。紫儿命苦，她没有亲人，是从小被人卖到这里的。紫儿漂亮，心地也好。周扒皮苛待长工，我每天都吃不饱饭。紫儿常常只吃一点点儿，把她的那份留出来，一个窝头，或是一个红薯，偷偷地包好，藏在这棵老榆树的树洞里。"许泽指着树洞让我看。

"这是我俩的秘密，没有人知道。我本想着多攒点儿钱，好给紫儿赎身，我俩开开心心地过日子，可是谁知道——"说起往事，许泽不觉红了眼眶。

"那天晚上，周扒皮偷偷地溜进了紫儿的房间，强暴了紫儿。我知道了，去和周扒皮拼命，可惜，我的柴刀没有刺到他的要害。我被抓住了，周扒皮一刀刺中我胸口，我血流如注，昏了过去。我醒来后，发现我在乱葬岗。我跟跟跄跄，离开了这个地方，投奔了抗联。新中国成立后，我回来了。我找到了紫儿，可紫儿已经嫁人了。

我走了，部队才是我的家。后来，我娶了妻，她是部队上的护士。这一晃儿，几十年都过去了，孩子们都成家立业，我老了，妻子也去世了。"

"那，吴奶奶就是紫儿？"

"是啊，都怪造化弄人——"

"唉！"我叹息。

"我就想看看她——"许泽的眼里闪着泪光。

一个秋天的午后，一辆黑色的轿车接走了许泽。

许泽得了肺癌，是晚期。许泽就是知道自己时间不多了，才想最后地看看吴奶奶。

一年后，吴奶奶家的小院。

紫丁香开得热烈，香气溢出墙外。

丁香树下，一把轮椅，空空荡荡——

◆ 有温度的咸鱼干

很想吃你做的咸鱼干，可以给我寄些吗？泡泡打破了一直以来的沉寂。

暖暖喜欢吃咸鱼干，她喜欢那弥漫在口腔中的淡淡的味道，有点儿腥，有点儿咸，那是大海的味道。那年，暖暖第一次走出大山，看到了无边无际的大海。海风吹拂，海浪轻轻吻着她的脚踝，瞬间，暖暖就喜欢上了大海，喜欢上了大海的味道。

在一个小渔村，见识了鱼人捕鱼。渔家女把吃不掉的鱼去了内脏，用盐腌上。过五六个小时，空掉卤水，在太阳下晒干。吃时拌上各种调料，蒸熟或者烧熟，就制成了各种味道的鱼干。暖暖喜欢吃咸鱼干，缠着渔家女教会了她制法。暖暖学会了这一手，得了空闲，暖暖就做咸鱼干，然后在月光下品茗。一张木桌，一把藤椅，一碟咸鱼干，一盏热茶，伴着一曲老歌，让暖暖惬意不已。

拍了照，发在朋友圈，很快就有人点赞。不出意外，每次第一个点赞的都是泡泡。

泡泡是暖暖三个月前加的微友。泡泡在申请时说：就想加个微信，我不打搅你！

暖暖笑了。不就加个微信吗，加就加吧！

泡泡很守信用，真的一句话也没说，从没打搅过暖暖，这让暖暖对他有了好感，而且暖暖每次发朋友圈，泡泡都是第一个点赞，这让暖暖对他的好感度又攀升了许多。

今天泡泡第一次开口，说他想吃咸鱼干，暖暖怎好不答应他呢！暖暖装了一瓶咸鱼干，叫来快递。暖暖这时才知道，泡泡的真名叫李焱。

几天后，暖暖收到了一盒菊花茶。泡泡说，花茶养颜，女人如花。多喝花茶，更加气韵悠然。

此后，暖暖经常给泡泡邮寄咸鱼干，泡泡除了回赠她花茶，还给她找来不少好听的音乐。一来二去，两人的话题就多了起来。

"长亭外，古道边，芳草碧连天。晚风拂柳笛声残，夕阳山外山。天之涯，地之角，知交半零落——"

"呀，你也喜欢这首歌？"

"是啊！一张木桌，一把藤椅，一壶菊花茶，一曲老歌，我正在看夕阳西下。"

暖暖的心率突然加快：还有人跟她有同样的爱好？

暖暖还没回过神，他又打过一行字："可惜，今天没有咸鱼干！"

暖暖扑哧笑了，吓得猫咪瞪大了眼睛，奇怪地看着她。

"这首歌好听吗？可这回不是原唱哦！你猜猜，是谁唱的？"

"不会是你吧？"

"是我啊！为什么不能是我？"泡泡发了个愤怒的表情。

"真的是你啊！"暖暖急忙安慰泡泡。

一晚上，暖暖都在听这首歌。暖暖发现，泡泡的声音那么富有磁性，有穿透力，把她的心弦拨乱了。

暖暖开始关注泡泡。泡泡家穷，靠助学贷款读完了大学，可毕业后找的工作和所学专业都不对口。泡泡的爱情也不顺利。泡泡喜欢一个女孩，可他自卑，不敢表白。

熊！真熊！暖暖使劲地锤他！你起码让女孩子知道你喜欢她呀！不是所有的女孩子都喜欢物质的！

真的吗？泡泡发来一串儿蹦跳的小企鹅。

一天，泡泡突然发来微信：我想见你！我就在你单位门口。

暖暖在四川，泡泡在黑龙江，天南地北的，怎么可能呢？

暖暖以为泡泡在开玩笑，就发了个笑脸：胡扯！除非你长了翅膀飞过来！

泡泡说，我是长翅膀了，你出来就看见我了。

暖暖跑出大门。一个充满阳光的大男孩，手捧一束鲜花，略带羞涩地对着她笑。

"我是泡泡。"

暖暖激动得呆住了。泡泡的样子就是她想象中的样子，一打眼，暖暖就知道他是泡泡。

"从见到你的那一天，我就爱上了你！"泡泡说。

"你见过我？"暖暖很惊讶。

"你们德阿产业园半年前是不是开过一次商贸洽谈会？"

"是啊！你？"

"我是跟着别人来学习的，你当然不会注意到我。你讲解的锂电知识很专业，我就是那时注意到了你。我好不容易才打听到了你的微信号，就用泡泡的名字接近你——"

"你——"暖暖的眼睛蒙上了一层雨雾。

"现在，我的实习期结束，从今天开始，我就是你的同事了！"

"啊？"暖暖又是一惊，"你家不在黑龙江吗，来这么远，你爸妈同意吗？"

"我爸妈支持我，我也感谢德阿产业园，让我的所学有了用武之地！"泡泡抱住暖暖，轻啄了一下她的唇，"今天，我想吃你做的咸鱼干——"

◀ 会飞的叶子

阿梨躺在土炕上，午后的阳光挤占了大半个炕面。

开着窗户，可屋里还是闷热得像个蒸笼，让阿梨烦躁的心更加烦躁。

阿梨猛然坐起。

穿鞋来到外面，站在房屋的影子中，一丝凉意拂来，身上清爽了许多。

搬个小凳坐下，可身体里的燥热又不安分地窜出来，阿梨用左脚使劲地碾着地面，狠狠地骂："该死的！"

"阿梨，你跟谁说话呢？"东屋里传出婆婆的声音。

婆婆瘫痪在床，出不了屋，可耳朵却灵得很。阿梨不知道婆婆听没听到她那句骂人的话，顿时心惶惶的。

"妈，我没跟谁说话。我是骂那只灰鸡呢，不知把蛋又给丢哪儿了！"

"哦！"

婆婆不言语了，阿梨却生自己的气。刚刚说的什么混话，什么鸡又把蛋给丢了。阿梨呀阿梨，大山不在家，你咋能胡想呢？

胡想？咋是胡想？大山是俺男人，俺想自个的男人，不行啊？

想着大山，阿梨的身子更加燥热了。阿梨嗖地站起来，也顾不得关上院门，就径自往苞米地跑去。

苞米地不远，也就十分八分钟的样子，阿梨就到了地头。

阿梨踅摸了一下，见四周没人，就一甩马尾，钻进了苞米地。

地垄沟很宽阔。阿梨躺在地上，望天。

其实，阿梨根本看不到天，密密匝匝的苞米叶子把天空都遮住了。

阿梨还是热。

阳光从苞米叶子的缝隙中挤进来，抚摸着阿梨的脸，阿梨感到从来没有过的炙热，那炙热，仿佛地壳里的岩浆，要把阿梨熔化掉。

"该死的！"阿梨骂，脸却红得像煮熟的螃蟹。

一抹儿熟悉的气息，慢慢侵入阿梨的鼻孔，眉梢，发丝，耳根儿，阿梨闭上眼睛，红红的唇瓣翕张着，在急切地渴望着什么。

一只粗粝的大掌，划过阿梨的肌肤，让阿梨有轻微的疼痛，而乳尖传出的酥麻让阿梨瞬间石化。

"大山！"阿梨叫。

"大山！"阿梨再叫。

睁开眼，哪里有大山的影子。

阿梨紧咬着嘴唇，硬是没让眼泪落下来。

五年前，也是在这片苞米地，大山第一次吻了阿梨。

阿梨记得，那天的太阳好高好高，没有一丝风儿，粗壮的苞米已经结了棒子，正努力地丰满自己。

大山拉着阿梨，钻进了苞米地。

碧绿的苞米叶，摩挲着阿梨细嫩的小手，阿梨的手顿时红了，丝丝拉拉地疼。

大山捧着阿梨的小手，轻轻地吹，吹着吹着，他的唇就轻点了一下，然后划过她的胳膊，吻上了她的唇瓣。

阿梨摸了摸嘴唇，那情景仿佛就在昨天。

大山，你想我吗？你可知道，我在想你？

大山去城里打工，已经五个月了，阿梨想去看大山，可婆婆离不开阿梨。

大山，你忘没忘记，明天是什么日子？

对！明天！

阿梨笑了。她折下一片儿苞米叶，匆匆往镇上走去。

快递员看着阿梨把青青的苞米叶装进快递袋，眼珠子差点没掉出来。

八元。

糟了。阿梨出来得匆忙，竟然没带钱。

微信。微信也可以付款。快递员提醒。

可手机，阿梨也没带。

阿梨急得一头汗。

"大姐，我着急忘带钱了，您先帮我寄走，我明天肯定还您钱！"

"要不，你明天再寄？"

"不行，明天就来不及了！"

快递员摇摇头。

阿梨捧着苞米叶，蹲在墙角，眼泪噼里啪啦掉下来。

快下班了，快递员叫阿梨："看你是真着急，我就帮你寄吧！"

看着苞米叶装进快递袋，封好，阿梨终于放了心。

走在回家的路上，阿梨的身子轻飘飘的，简直要飞起来。

明天，大山就会收到苞米叶。想到大山收到苞米叶时的表情，阿梨忍不住笑出声来。阿梨相信，大山会记得，记得苞米地里的初吻。

明天，是阿梨和大山的初吻纪念日。

可是，阿梨不知道，大山收到苞米叶的时候，他正在城里的出租屋内，和一个女人耳鬓厮磨。

第四辑 紫色蝴蝶

◀ 作 家

我要杀人。

我要杀了自己。

我说不出哪儿难受，哪里不得劲，就像身上爬满了黑压压的蚂蚁，爬满了几千只几万只的癞蛤蟆，我的浑身像散了架，鼻涕眼泪一起流下来。

我疯狂地翻箱倒柜，连柜角边和地板缝都没有放过，希望能找出一丝丝儿，哪怕一点点儿也好，能暂时地缓解我身体上的痛苦。

可我什么也没有找到，我受不了了，发疯般地一头撞向墙壁。鲜血流了出来，在我昏迷之前，疼痛给我带来了短暂的快感。

醒来时我已经躺在白色的病房里。我讨厌白色，憎恨白色，如果不是那些白得一尘不染，白得毫无瑕疵的粉末，我也不会成为现在这个样子。

妻在床边哽咽着。

我伸出手，想拔掉妻额头上突然冒出的几根白发，妻惊喜万分，一下扑在我身上，哽咽转成了号啕。

"你个死鬼，为了你那什么破书，竟拿自己当试验品，你真的想扔下我们娘俩啊！"

我无语。我愧对妻子和女儿。我努力地想笑，可我知道，我的笑容一定比哭还难看。

"去戒毒所吧！"妻哀求道。

我摇摇头。

"你放心，我没事。我答应你，只要我把这部小说写完，我就去戒毒。"

妻不再劝我，她知道我的脾气，我决定的事，从来不会改变。

我知道妻是为我好，我也知道，我必须加快我的写作速度，不然，我也会深陷泥潭了。

为了这部小说，我费尽了心血。

小说是写吸毒题材的，为了真实地表述吸毒者的感受，一开始，我就以身涉险。

我千方百计地接近吸毒者，和他们同进同出，同吃同睡，了解他们的生活，体会他们的喜怒哀乐。

就在这时，我认识了珍珍。

珍珍是个漂亮的女孩子，举手投足间都透着一种无法言说的优雅。如果不是我亲眼所见，我不会相信，这么好的女孩子会吸毒。

当我问及珍珍为什么要吸毒，珍珍的表情很复杂。

在喝光了五瓶啤酒之后，珍珍开始讲述她的故事。

珍珍的父亲早逝，母亲含辛茹苦地把他们兄妹俩拉扯大，哥哥去南方打工，珍珍在一家银行上班。

哥哥去南方半年后，突然回来了，回来后啥也不干，就知道向母亲要钱。

母亲年纪大了，就在家门口支了一个烟摊，勉强维持生活，哪里有钱？直到那天，哥哥被人绑架，绑匪说哥哥欠他们十万，珍珍和母亲才知道，哥哥在吸毒。

毒贩心狠手辣，扬言不拿钱的话，就要剁掉哥哥的一只手。

珍珍和母亲东拼西凑，才凑了五万。无奈珍珍只好和毒贩头目巴哥讲价还价，总算是赎回了哥哥。

珍珍希望哥哥能摆脱毒品，过正常人的生活，可她没有想到，一只无形的黑手正在伸向她。

为了支持哥哥戒毒，爱恋了哥哥多年的女友小云毅然地嫁给了哥哥，为了这，小云和家里闹翻了。

可珍珍和小云都低估了毒品的魔力。哥哥从戒毒所出来两个月后又复吸了，且量是一天比一天大。此时的哥哥，心理生理都发生了巨大的变化，为了让小云不再阻止他，他竟然让小云也染上了毒瘾。

哥哥和小云又欠了巴哥好多钱，还不上钱，他们只好答应了巴哥的要求，让母亲去香港旅游，顺便帮巴哥带回一样东西。巴哥说，那只是一个走私的东西，你未来的妹夫不是在海关吗——

珍珍的男朋友大鹏在海关工作，顺利地接珍珍的母亲过了关。

哥哥送母亲回家，小云却说有朋友要见珍珍，把珍珍带进了宾馆。

珍珍见到的人是巴哥。

珍珍没有想到，哥哥还在吸食毒品，还没有脱离巴哥的魔掌，还有小云，竟然也染上了毒品。

珍珍恨透了巴哥："你为什么带我来这？"她责怪小云，小云低着头，被人带走了。

"你要干什么？"珍珍慌了。

"美人，我费了多大的劲，才把你弄来，你说，我要干什么？"巴哥色眯眯的眼神直盯着珍珍的胸部，双手不安分起来。

"啪！"珍珍一巴掌捆在巴哥的脸上。

巴哥愣了一下，揉了揉脸，阴森森地笑了。

"啪"巴哥摔过一打照片，珍珍一看，顿时傻了。

照片上是母亲，还有大鹏，正在过海关——

"你知道，你母亲给我带的是什么吗？是毒品！这是你男朋友吧？毒品可是他带着过关的。"巴哥盯着她的脸，"只要你听话，我保证他们没事。"巴哥一把抱起她，把她扔在了沙发上，她麻木了，她没有反抗。

小云怀孕了，小云想生下这个孩子，可是吸毒的人是不可能生出健康的孩子的，哥哥把打胎药强行给小云灌了下去。

小云伤心欲绝，离开了哥哥，而哥哥也在一天夜里突然离开了人世。珍珍知道，这是吸毒者必然的结局。

珍珍无法面对大鹏，和大鹏分手了，而哥哥的死让珍珍彻底地绝望了。她开始买醉，开始麻痹自己，可是巴哥还没有放过她，让她也染上了毒瘾。为了挣钱买毒品，她出卖肉体，出卖灵魂——

在和吸毒人员交往的几个月中，我的创作也在突飞猛进，可与此同时，我的毒瘾也一天天地加重。

我与毒瘾抗争着，艰难地记下发作时的每一个感觉，每一个微小的细节，那触目惊心的疼痛，人性的扭曲，生命的脆弱，让我奋笔疾书——

就在我的书完稿之时，珍珍的母亲被判了死刑，她为了让巴哥放过珍珍，帮巴哥销售毒品——

我抚卷叹息，此时，毒瘾又开始疯狂地吞噬着我，在我还能控制自己意识的时候，我颤抖着双手写下了最后四个字——远离毒品！

第五辑

决胜的豆子

◀ 决胜的豆子

杨大力没想到，他输在一颗豆子上，更没想到，他会输给吴小豆。

杨大力和吴小豆一块儿光着屁股长大，你了解我，我了解你，甚至谁身上长着几个痦子都一清二楚。

杨大力心眼直，不是他瞧不起吴小豆，只是从小到大，无论做什么，他都遥遥领先，能把吴小豆落个趔趄。

可这回，吴小豆自不量力，竟然跟他竞争队长。

杨大力盯着破木桌上的兰花瓷碗，眼睛瞪得比牛眼还大。

生产队的大屋子里，亮着一只二百瓦的电灯泡，先来的人，挤在前面的木凳上，后来的抢不上凳子，就垫了几块砖头，中间横上木板，木板挤不上的，就挨墙站着，也挤挤查查站了不少人。

羊嘎啦大队是个穷队，一年到头分的粮食都不够吃，年年吃国家的返销粮。这不，刚过了年，羊嘎啦大队要重新选队长。

破木桌上放了两只搪瓷碗，用红纸贴了名字，一个是杨大力，一个就是吴小豆。

社员们的手里都攥了一颗黄豆，想选谁当队长，就把黄豆投到谁的碗里。

吴小豆的碗里又多了一颗黄豆，杨大力的脑门渗出了汗珠。

吴小豆碗里的黄豆明显地多起来，杨大力的表情很焦灼。这时，杨大力的媳妇和几个亲戚把黄豆都投进了杨大力的碗里，杨大力的心略略平静了些。

可最后一数，两只碗里的黄豆数竟然相同。

社员们炸锅了，哄笑声差点把茅草房的房盖掀起来。

小孩子受了惊吓，嗷嗷大哭，女人急忙解开衣襟，把奶头塞进孩子嘴里。

杨大力盯着吴小豆，额头上的青筋一蹦一蹦的。他不能输，更不能输给吴小豆。

杨大力脸红脖子粗，突然吼道："不行！还有一个人没投！"

"谁？"

"俺爹！"

"算了吧，你爹瘫痪在家，折腾他干吗？况且，你爹当然向着你，这票不作数！"

"咋不作数？俺爹是社员，有投票的权利。"杨大力说着就往外跑。

很快，杨大力就背进来一个老人。老人胡子拉碴，棉袄外面套了件黑褂子，褂子的大襟上像糊了一层浆糊，身上还有一种难闻的味道。人们捂着鼻子，纷纷让路。

老人就是杨大力的爹，老人得了风湿，不能行走。

杨大力把老人背到桌子前，给了老人一粒豆子。

所有的目光都聚在了老人身上。

谁都知道，只要老人丢下手里的豆子，杨大力就是羊嘎啦大队的队长了。

老人的手哆哆嗦嗦，停在空中。空气瞬间凝固了。

一声脆响，黄豆落进碗里，还旋了几旋。

社员们望着瓷碗，瞪大了眼睛。

杨大力扑通跪下："爹！你可是我亲爹呀！"

老人看着杨大力："你是我儿子，虽说我埋埋汰汰，窝窝囊囊，可要是没有你，我早饿死了。儿呀，我本来应该把豆子投给你，可你做不了媳妇的主，自己的小家都当不了，还能当好这个大家吗？"

雷鸣般的掌声响起。

吴小豆给大家鞠躬，那得意的眼神刺得杨大力恨不得找个地缝钻进去。

杨大力做梦也不会想到，他会输给吴小豆。

这个杨大力就是俺爷爷。

多年后，羊嘎啦大队变成了羊嘎啦村，我考上了大学，进了大城市，当了某局的副局长。

腊月二十三，小年。

我开车回村。

父亲说，先去祭祖吧。

墓地。

我烧了纸，供了酒，父亲给我讲了爷爷的故事。

爷爷因为少了一颗豆子，没有选上队长，回家把奶奶好一顿打，当天就把太爷爷接回了家。

爷爷不服气。爷爷是跟吴小豆一块长大的，无论是上山砍柴，还是下田耕地，开山采石，河里挖渠，爷爷从没有输过吴小豆。

把太爷爷接回家，爷爷也挺起了腰杆。爷爷拼命干活，后来联产承包到户，爷爷最先舍了马车，买了四轮车，最先脱了贫。

吴小豆因为多占了村里的几桶油，还有几百块钱，被村民举报，村长职务被撤。而让爷爷生气的，是当年选举时吴小豆让自己的媳妇在袖子里偷藏了一颗黄豆。

在村长选举中，爷爷高票当选村长。（此时，豆子的选举时代结束，开始使用选票。）

爷爷带领羊嘎啦村脱贫，后来，爷爷得病去世。爷爷死时，手里紧紧地攥着一颗豆子。

父亲凝视着墓碑，眼里含着泪花。你爷爷死时说的最后三个字就是："孝，戒贪！"

我明白了。

回城时，我带走了一颗黄豆。我把黄豆装在了盒子里，摆在了办公桌上。

三年后，我升任局长，我把盒子摆在了新办公室。

在几个竞争对手中脱颖而出，我知道，那是决胜的豆子。

◀ 背着老爸去看海

进了旅店，还没脱去一身的疲惫，妮妮就嚷嚷着去看海。

妮妮是我的宝贝女儿，才六岁。看妮妮兴奋的样子，我张了张嘴，却没有拒绝。

推开门，一个矮胖的男人背着一个老人，正在试图打开相邻的房门。

外面的温度很高，男人又比较胖，背上还背着老人，汗水顺着男人的脸颊往下淌。

"兄弟，能帮我个忙，帮我开一下房门吗？"男人冲我一笑，漏出一口白牙。

我接过房卡，插入后却没有一点动静，我把房卡翻过来，又重新插入，还是没有一点儿动静。

"房卡，可能是消磁了。"

"这……"

男人很失望，又有些着急。

看着男人一脸的汗水，我有些不忍。

"你先和老人到我的房间休息一下，我去找服务员。"

"那，真太谢谢了！"男人说着谢谢，那汗水就滴在了地上。我摇摇头，这大热天的，背着老人出门，那不是自己找罪受嘛！

到海边吹了吹海风就回来了，因为坐飞机又坐车，实在是太累了，妮妮也走不动了。

第二天。

走上沙滩，岸边已被游人挤满。抬头远望，大海无边无际，在大海的宽阔中，自己是那么的渺小。

牵着妮妮的小手，踩着细沙，炽热的温度透过脚心，让全身舒痒无比。妮妮松开我的手，兴奋地去捡海浪留下的贝壳。看着别人用小铲捉螃蟹，妮妮很稀奇，就向我要小铲子。我没有准备，只好说明天再买，妮妮撅起了嘴。

我们去游泳。我说。

我抱起妮妮。被海水拥抱着，妮妮很快忘记了刚才的不快。

亚非感冒了，没有下水，叮嘱我们不要走太远，就坐在沙滩上。

我和妮妮在水里嬉戏，等我们回到亚非身边，才发现亚非的身边多了两个人，正是我们的邻居，那个胖男人和他背着的老人。

"我叫陈楠，这是我老爸！"胖男人热情地跟我握手。

"你也是来三亚旅游的？"问完我就后悔了，这不是废话吗，来海边的人谁不是来旅游的？可是，他老爸的腿明显有问题，他竟然背着他老爸来旅游？

"是啊是啊！"陈楠的笑容很憨厚。

陈楠的爸爸看上去精神头不错，就是不大爱说话。多数的时候，都是陈楠在喋喋不休。

或许，真的是缘分，和陈楠第三次相遇，是在餐厅里。

是中午，陈楠背着爸爸进来时，又是满脑子的汗。正是饭时，餐厅的人已满。我拽了两张凳子，招呼陈楠过来。陈楠把爸爸放下，又帮爸爸正了正位置，那一瞬，我感受到了这个胖男人身上散发出来的温柔。

陈楠很细心。饭桌上，他把虾扒好，放进爸爸的碗里，把鱼刺细心地挑净，鱼肉就在爸爸的碗里摞成了小山，可他还一口都没有动。

看着老人，我对陈楠又多了几分好感。

大海的力量是无穷的，我疯玩了一天，把自己扔在床上，很快就进入了梦乡。

半夜，敲门声把我惊醒。

"兄弟，我是陈楠！"

我打开门，陈楠一脸焦急。

"我爸拉肚子，这可怎么办？我也不知道医院在哪里！"

"这么晚了，就是知道医院在哪里，也打不到车！"

"这可咋办？这可咋办？"陈楠手足无措。

"这样，我带了肠炎药，你先给你爸吃上，看能不能缓解。"

我找出药，看着陈楠给老人吃上，看他惴惴不安的，我也担心老人，毕竟老人上了年纪了。

"没事！我陪着你！"我拍拍陈楠的肩。

陈楠没说话，但我看得出他眼里的感激。

天亮了，看老人睡着了，我冲陈楠摆摆手，悄悄退出了房间。

睡得迷迷瞪瞪，手机响，是老妈。

"宝，什么时候回来？"我不耐烦。宝是我的小名，我都这么大了，妈还叫我宝，这叫同事们听见，不得成为笑柄。

"妈，没事别给我打电话！我单位忙，领导看见会有意见的！"

"哦！"那头没了动静，我撅了手机，又进入梦乡。

天天去看大海，聆听大海的声音，亚非和妮妮都很开心。两天没有看见陈楠，心想他们可能去医院了吧！

明天就要离开三亚了，我和亚非，还有妮妮，尽情地享受着海水的温柔。

上得岸来，陈楠向我招手，他爸正坐在沙滩上，眺望着大海。

我说我就要离开三亚了，陈楠说他爸还没有待够，要再留几天。

晚上，陈楠非拉我出去喝酒。

几杯啤酒下肚，我的话也多了起来。

"哥，你真奇葩！老爷子不能走，你竟然背着他来旅游！"

陈楠面色一黯，咕咚干了罐啤酒。

"我妈去世早，是我爸辛辛苦苦把我拉扯大。我爸的年纪越来越大，说实话，我真的害怕有一天……"陈楠的眼里竟然有一层雨雾。

"我爸唯一的愿望，就想看一看大海。"

我的心蓦然一紧。

子欲养而亲不待！

第二天，我改签了机票，还有几天假期，我们一家三口原打算去另一个城市的。

　　"妈，我明天就回家！"

　　乡下的老家，我已经三年没回去了。

◀ 白　发

　　火车轰隆轰隆停在车站，把陈默扔在站台，又轰隆轰隆开走了。

　　冷风飕飕地钻进陈默的衣领，陈默放下提包，把衣领系得更严实了些。

　　不远处，烟花突然炸响，空中升腾着绚丽的色彩。

　　这是一个偏僻的小站。时而稀疏时而热烈的鞭炮声提醒着陈默，今天是大年夜。

　　候车室里灯光明亮，只有陈默一个旅客。陈默吸完了一支烟，就躺在了椅子上。这个除夕夜，他只能在候车室里度过了。

　　陈默闭上眼睛，却没有睡意。

　　陈默来这里是要找一个人。陈默不知道他叫什么，只知道他姓路，家就在这附近。

　　陈默摸了摸枕在脑袋下面的黑色提包。

　　提包里面有一把匕首，已经被陈默磨得非常锋利。当然，在别人看来，那只是一块普通的石头，可对陈默来说，这把石制的匕首，就是他复仇的武器。

咣当！

门突然被推开，一个穿着厚厚棉衣的老人走了进来。

陈默睁开的眼睛又闭上了。没想到，老人径直向他走来。

"小伙子，过年好！"老人笑呵呵地说。

陈默忽地坐起来，惊讶地看着老人。

"今个是大年夜，我家就在附近，来家吃碗饺子吧！"

老人面目慈祥，一头白发。陈默看着老人的白发，心莫名地
震颤了一下。

陈默有些恍惚。他想起了爷爷。爷爷也有一头雪白的头发。
五年了，陈默已经五年没有见到爷爷了。

这回，陈默就是来寻找那个害他五年没有见到爷爷的人。

老人的满头白发让陈默陡然间觉得很亲切，陈默竟然没有犹
豫，就跟在了老人身后。

老人的家果然很近，走了几十米就到了。

"老太婆，来客人了！"老头中气十足。

一掀门帘，一干净清爽的老奶奶从厨房出来，围裙上还沾着
一些面粉。

"孩子，快坐下暖和暖和！这大过年的，还要出门，真不容
易！我马上去煮饺子！"

老头摆桌椅，拿碗筷，这时，电视里传来新年的钟声。

热气腾腾的饺子端了上来，老奶奶端了一盘饺子放在柜子上，
老头倒了一杯酒，放在饺子旁边。

陈默有些疑惑，凝神细看。原来，柜子上摆着一张像，穿着一身铁路警察的衣服。

男人的眼神清澈明亮，没有一丝杂质，却又带着某种威严。

陈默一怔，这眼神咋那么熟悉？难道是他？

五年前，陈默十八岁。

爸爸妈妈吵了好几年，终于离婚了，没人管束的陈默和年迈的爷爷相依为命。爸爸妈妈离婚后，陈默变得任性，偏执。陈默结识了一伙儿坏青年，很快就成了这一带列车上的惯匪。

那天午夜，在卧铺车厢偷东西的陈默被发现，情急之下，陈默攮了那个拽着她不放的女人一刀，女人这才撒手。可陈默逃跑时，被警察堵住，几个兄弟丢下陈默跑了。陈默拼命挣扎，可那个大眼睛警察追着他不放，陈默无处可逃。

陈默被抓住了。在监狱的五年，陈默老老实实地改造，可陈默的眼前，总是闪现出那张坚毅的脸，那双清澈的大眼睛。

陈默在采石场劳动。有一天，陈默发现一块石头，这块石头很像一把刀。陈默惊喜万分，每天把石刀磨呀磨。五年了，这把石刀的刀尖已经变薄，变得光滑，可陈默心里的恨却没有变薄。

陈默出狱了。在看了几天外面的世界后，陈默就迫不及待地要展开行动。

陈默掌握的信息不多，只知道他的家是在一个小站附近。陈默没有犹豫，跳上火车就来了。

"孩子，吃饺子！"老奶奶让着陈默，老头给陈默倒了一杯酒。

陈默吃下一个饺子，眼睛看着相片："这是？"

"我儿子。他是铁路警察，去年在火车上，为了抓一个逃犯，牺牲了！"

"哦！"

陈默看着老头。老年失子，那是何等的伤痛？老头那满头的白发，肯定是为了儿子，才白的。

"孩子，吃吧！我儿子在的时候，每年大年夜，都会把留在车站的旅客领回家，吃碗饺子。"老奶奶用衣袖拭了拭眼睛。

陈默吃着饺子，眼前，浮现出爷爷的满头白发。

第二天一早，陈默登上了火车。

那支石头磨的匕首，被陈默扔掉了，陈默一下子觉得，轻松了许多。

那双大眼睛，陈默不想再去找了。陈默只想赶快回家。

爷爷！爷爷！

陈默心里呼喊着，眼前，到处都是爷爷的满头白发。

妈
妈
的
味
道

◀ 神 针

周立仁是市中医院的大夫，医术高明，特别是他的针灸之法，一根梅花针，到了他手里，如有神助，无论什么样的疑难杂症，只要经了他的手，很快就能治愈。

这天，周立仁刚到单位，同事小杨就慌慌张张地拉住他："周大夫，你快躲躲吧，有患者在院长那告你状呢！"

"告我？"周立仁有些懵。

周立仁实在太忙，每天等着针灸的患者都排着队，有时，他的中午饭都要在医院吃。周立仁想了想，他也没得罪谁呀？也没和患者吵过架，有过纠纷，这谁会告他呢？

"那个患者，个子大，膀子粗，对，左耳下有一撮毛。"

"你是说，胡二奎？"

"对对对，就是他。他不是颈椎病吗，你天天给他针灸，可今天，他的嘴合不上了！"

"嘴合不上？"周立仁穿上大褂，"走，我去看看！"

"你去？"小杨瞪大了眼睛。

"别人摊上这事，躲还来不及呢，你还上赶子去，不怕他讹上你？"

"出了事不能躲，是我的责任，我就该承担。"

周立仁刚走到门口，一个男人就闯了进来。

"就是——你！就是——你！"男人抓住周立仁的大褂前襟，手一搡，周立仁就跌了个腚蹲。

"你——看，就是你——给俺——扎的，嘴——都——合不上了。你——说，咋——咋办？"男人的声音不清晰，听起来特别别扭。

"别激动！别激动！"

院长拉住男子，小杨扶起了周立仁。

"今天，你——你要——不给我治好，我——就——不走了！"男子往病床上一躺，床咯吱一声，很是刺耳。

周立仁整了整大褂，看着耍赖的胡二奎。

按说，这个胡二奎，是最不该告周立仁的。

周立仁认识胡二奎，还是一年前。

周立仁回老家，在火车上，广播喊，有大夫吗？13车厢有人病了，很危险。

周立仁是医生，责任感让他没有丝毫的犹豫。他立马往13车厢赶。原来是位老大娘突然晕倒，人事不知。

周立仁马上掏出随身带着的梅花针，几针下去，老大娘清醒过来。

老大娘是肥厚型心肌病，年纪大了，又坐车折腾的，就犯了病。

胡二奎就是老大娘的儿子。当时胡二奎吓蒙了，拿水杯的手直抖，还是周立仁帮忙，给老大娘喂了救心丸。

火车快到站了，老大娘也缓过劲来了，这一聊，才知道，他们是老乡。

周大夫？知道啊！咱市有名的神针啊！老大娘让儿子跪下磕头。这胡二奎别看是傻大个，却是至孝，听他娘的话，扑通就跪下了。

周立仁急忙拦住。

"一定得磕！一定得磕！这是救命之恩呢！"老大娘执意要胡二奎磕头，这火车上这么多人，弄得周立仁很不好意思。

过后，周立仁也就把这事忘了，可半个月前，胡二奎竟然来找他了。

原来，胡二奎得了颈椎病，看了不少地方也没治好，胡二奎就想起了周立仁。

是老相识了，周立仁倒是没有更细致些。因为周立仁看病有规矩，无论是谁，都是他的病人，都是同等的。无论是给谁看病，针灸，周立仁都是一样的认真，一丝不苟。

周立仁看着胡二奎，他的上嘴唇和下嘴唇就是合不上。周立仁回想了下，自己的下针位置，手法，都是正常的，没有错啊？

周立仁拿出梅花针："别急！我在你手指上扎一针，就会好的！"

"啥？我嘴——合不上——你——往——手指上——扎针？"胡二奎的嘴巴张得更大了。

"放心！保证好！"

"要是——不好——我——和你没完！"胡二奎咧嘴道。

"行！行！"

周立仁在胡二奎的手指上扎了一根梅花针。

十分钟后，胡二奎嚅动着嘴巴，嘿，嘴巴合上了！

"你呀，是不听话，我不告诉你，针灸后不能受风吗？你这是受风了！"

胡二奎扑通跪下："神医啊！我因为有事，骑了一个小时的自行车，那天正好有风——"

◀ 回　家

　　从工头的屋里出来，阿旺的手里多了一张卡。

　　阿旺兴奋地往卡上盖了几个唇印，就把卡藏在了衣服的里兜。往工棚走的路上，阿旺忍不住想扯开嗓子大吼一声。这还了得？阿旺敲打着脑壳，这事可不能让工友们知道，不然的话，工友们还不生吞活剥了他。阿旺板起了脸，可还是忍不住嗤嗤地笑出了声。阿旺躲进了厕所，好半天，才平复了自己的情绪。

　　先把这钱取出来。阿旺想。可是不能都取，听说火车上，小偷特多，尤其是年前。阿旺想，还是先少取出些。过年了，要给女儿买点儿好吃的，给香香买件新衣裳，对了，还要买瓶沐浴液。城里的女人都用沐浴液，带着香味呢。他也要给香香买一瓶，香香抹上它，一定很香很香。

　　阿旺盘算着，还是先抓紧买票，一到年关，票就紧张。

　　阿旺还没进工棚，就听见了哭声。

　　推开门，小六子正号啕大哭，工友们也一个个地跟霜打的茄子似的。

"干吗？"阿旺拽起小六子，"男子汉，哭个球！"

小六子的哭声更响了："工头到现在都不给开钱，我拿什么回家过年啊？"

小六子的话像一记重锤砸在了阿旺的心窝上。

工程没有结束，工头不给开工资，可这好几十号人都出来一年了，都等着拿钱回家过年呢！没有钱，他们连回家的路费都没有。

工友们急啊。去找工头，可工头就一句话："父老乡亲们呐，我也难呐，按合同工程完成了才给钱呐！"

工友们唉声叹气，阿旺更忧心忡忡，听说别的工地上，都有人跳楼了。

阿旺知道工头也难。工头的钱都是银行贷的款，为了揽下这个工程，过五关，斩六将，他的钱就跟流水似的，哗哗地就没了。可别人还欠着他的工程款，左拖右拖的，就是不还。工头也没辙，现在欠钱的都是爷。

不管咋的，工头对阿旺还是不错的。这些人都是阿旺带来的，平时的杂事，也都是阿旺帮着料理。阿旺实在，各方面帮着工头省了不少的钱。所以今天，工头偷偷地给了阿旺五万块，让阿旺回家过年。

小六子是邻村的，爹瘫痪在床，娘得了类风湿，双腿佝偻，干不了重活，一家人都等着他拿钱回家过年呢！

还有小山子，瘦猴，二柱，哪个不急等着钱回家过年啊！自己就这么走了，真是太不地道了。

呸！去他的！让大伙儿都回家过年去！

"别哭了，看你们那个熊样儿。"阿旺掏出那张卡，"看，这是什么？"

"银行卡？阿旺哥，工头给开工资了？"小六子抹了抹眼泪。

"是啊。工头也不容易，钱虽然不多，但大家总可以回家过年了。"

"耶！耶！"工棚里欢呼起来。

钱都分完了，小六子突然问："旺哥，你的钱呢？"

阿旺一拍脑袋，"天，我把自个儿给忘了！"

"这哪儿成！"小六子喊道，"大家每人都拿出点儿，给旺哥，让旺哥也回家过年。"

"是啊是啊，旺哥也得回家过年啊！"

阿旺笑笑："算了，大家的钱都不多，赶紧回家买年货去吧！我就不回了，留下来看工地，还能挣双份的工资。"

"那，那你不想我嫂子啊？"小六子嬉笑。

"嘿嘿，都老夫老妻的了，有啥想头。"

"呵呵，还不好意思了。啥老夫老妻呀，你们才结婚几年？哥，你就这么放心？我那香香嫂子可漂亮着哪！"

"贫嘴！赶紧滚回家去！"阿旺给了小六子一拳。

工友们都走了，往日热热闹闹的工地一下子冷清了，阿旺的心也空落落的。

"香香，我不能回家过年了。"话好不容易才从阿旺的嗓子眼挤出来。

"为啥？"香香急切，但声音还是那么温柔，好听。

"我，我，我的钱给大伙儿垫了工资，让他们都回家过年。"

香香沉默，阿旺听到了她的叹息。

好一会儿，才传来她的声音，"你个死鬼，你就不想我吗？"

"想！"阿旺突然大声，那声音把他自己都吓了一跳，他急忙撂下电话。

早上起来，天阴沉沉的，还稀稀疏疏地飘着雪花。

阿旺点燃了一支烟。烟雾慢慢地缠绕，旋转，升腾，阿旺就被包围在了烟雾中。

今天是腊月二十八了，香香应该在家蒸馒头，撒年糕了。香香的手艺好，蒸出来的馒头又白又软，入口甜丝丝的，还有那糯米的年糕，黄澄澄的，上面还撒着一层芸豆。阿旺透过烟雾，仿佛看见香香正扎着围裙，双手沾满了白面。灶里的火红红的，那口黑黑的大铁锅热气腾腾，飘出诱人的米香。远处传来稀稀疏疏的鞭炮声，阿旺的眼里渐渐地有雾霭凝聚。

阿旺拿起手机，想给香香打个电话。按了几个键子，阿旺的手指又停了下来。家里的年货办好了吗？春联买了吗？福字买了吗？鞭炮买了吗？还有爹爱喝的高粱烧？娘爱抽的旱烟？阿旺想问问，可他又害怕。阿旺害怕听见香香的声音，害怕听见女儿的笑声。

阿旺站在窗前。风刮起来了，雪花漫天飞舞。回头看看冷锅冷灶，阿旺不想做饭，就打开了一袋方便面，正要烧水，传来手机短信声。

"阿旺，赶紧回来吧！娘天天念叨你，爹天天去村口等你。我和女儿也想你。路费我已经打在了你卡上。盼，速归！"

阿旺的泪瞬间涌出来。他霹雳扑棱收拾了一下，就奔向了车站。买票的队伍很长，等排到他时，票却卖没了。

阿旺在风雪中大喊："娘，香香，我好想回家啊……"

第六辑

舞马

◀ 猎鹰行动

襄阳城。

翠云阁。

珠帘轻卷，琴音缭绕，一曲高山流水铮铮潆潆，正弹在妙处。茶香氤氲，殷啸天闭目凝神，完全被这琴音吸引住了。

突然传来一声镝响。殷啸天耳朵一动，肥胖的身体如大鸟般飞起，双指一钳，一支雕翎箭就被紧紧夹住。

有刺客！有人疾呼！

竟敢行刺金龙门门主殷啸天，真是吃了虎心豹子胆！

金龙门门下，弟子众多，翠云阁立时被围得水泄不通。

"殷啸天，拿命来！"一中年汉子驭剑飞起，剑光闪处，两名金龙门弟子登时殒命。

更多的金龙门弟子涌过来，却被飞身而起的三名青衣人拦住。中年汉子抓住机会，长剑直指殷啸天。

"来得好！"殷啸天一声吼，使出天郎剑法，铛！两剑相交，中年汉子的长剑被撞飞，殷啸天右手一抖，长剑穿过中年汉子的胸廓，把中年汉子钉在了阁楼的木柱上。

殷啸天冷哼一声，剑鞘少顷，那把钉住中年汉子的长剑竟然自己飞了回来，沧浪钻进了剑鞘。

"天朗子母剑！"有人惊呼。

天朗剑出，谁与争锋？天朗子母剑，锋利无比，杀人无数，最惊奇的是刀身竟不沾丝毫血迹。

中年汉子尸身落地，鲜血才喷涌而出。三名青衣人目眦欲裂，使出拼命的招式，一时之间，金龙门弟子反倒奈何他们不得。

殷啸天不耐烦了，子母剑再度出手，顷刻间，三个青衣人殒命。

"毛孩，这是第几拨了？"殷啸天坐下，悠然地啜着茶。

"门主，已经是第三拨了。"毛孩答道。

毛孩是殷啸天的仆人，十四五岁，全身上下，除了眼睛，鼻子和嘴，无处不是毛。

"哈哈哈……后天就是武林大会，六大门派，狗屁个猎鹰行动，又能奈老子何？"

"是！"毛孩恭敬地伺候左右，弟子已迅速打扫了场地，音乐声起，艺伎翩翩起舞。

"毛孩，倒酒！今儿个爷高兴！好好地伺候爷，待大金挥军南下，中原武林尽在我的掌握之中，到时候，有你的好处！相中哪个女人，爷给你做主！"

毛孩跪下，惶恐地叩头。

殷啸天哈哈大笑："毛孩，知道我为什么信任你吗？"

毛孩摇头。

"那年打猎，我在狼群中发现了你，你是被狼养大的，我救你回来，就当是养条狗吧。这些年，你思想单纯，对我忠心耿耿，更重要的是，你不会武功，所以我睡觉都很踏实。"

"是的，从今以后，你每天都会睡得很踏实。"毛孩突然伸直了身子，直视着殷啸天。

"你，你下毒？"殷啸天突然发觉，自己气力全无。

"放心，那只是软骨散。你对我那么好，我怎么会下毒。"

"你，你——"殷啸天双目圆睁。

"猎鹰行动，我才是真正的执行人！"

"为什么？为什么？"

"因为你是我的仇人。还记得十四年前吗？你杀死了我爹，糟蹋了我娘。娘抱着几个月大的我从悬崖上跳下来。娘死了，可娘死前本能地用身体护住我，我才没有死。后来，一只母狼发现了我，把我叼回了狼群，所以，我成了狼孩。"

"这些，你是怎么知道的？"

"是不老翁告诉我的。因为不老翁姓许，是我爹的族叔，而我，应该叫许展堂。"

"他怎么能确定，你就是许家人？"

"因为我长得非常像我爹，还有一个秘密，我们许家的男子，都遗传有多毛症。"

"怪不得！怪不得！都怪我杀人太多，早已不记得这回事，不然，怎会让你活到现在！"

"一个月前，不老翁找到了我，我才知道事情的真相。"

"那又怎样？"

"为了当武林盟主，你投靠金国，想借武林大会之机，铲除异己，为金军南下铺路。我身上流着大宋的血，今天，我们新仇旧恨一起算！"

"你也配！"殷啸天忽地飞起，玄阴掌抓向许展堂，可身体却不听使唤，体内两股真气乱窜，殷啸天急忙收回内力，坐下调息。

"省省吧！谁叫你太贪心！有天朗剑法还不知足，非得练玄阴掌，阴阳相克，所以每到酉时，你体内的真气就会乱窜。这时候，是你功力最弱的时候，杀你易如反掌！"

"哈哈哈，小子，你不会武功，又能拿我怎样？"软骨散的药力正在消失，殷啸天再次聚集真气，双掌击向许展堂。

许展堂却不后退，双掌迎上。只听得轰隆声响，许展堂后退了几步，殷啸天也向后反弹，撞向木柱，哇地吐出一口鲜血。

许展堂不再放过机会，抽出匕首，只见寒光一闪，那把匕首就没入了殷啸天的小腹。殷啸天瞪大了眼睛，不敢置信。

"我是不会武功，可为了猎鹰行动，不老翁死了，他把毕生的功力都传给了我——"

◂ 杀　手

夜。

月光惨白。

一个黑衣人飞快地穿过林梢，无声无息，鬼魅般地向红柳山庄飘来。

黑衣人行得极快，很快就接近了红柳山庄，黑衣人一声长啸，一个鹞子翻身，落了下来。

刚刚还漆黑一片的红柳山庄突然灯火通明，瞬间就钻出了许多人。

"在下是红柳山庄庄主柳如风，不知朋友是哪条道上的？请报个名号！"柳如风拱手施礼。

别看柳如风态度谦和，在江湖上却号称笑面虎，杀人常在谈笑间。二十年前，柳如风独闯青龙帮，仗剑直挑八十八条好汉，杀死了帮主刘天笑，建立了伏虎堂。红柳山庄就是伏虎堂的总舵。

黑衣人不出声，却从怀里抽出一支玉箫。这支玉箫通体碧绿，箫孔好似一只只的狼眼。

柳如风倒吸一口冷气："你是——玉阎罗？"

玉阎罗是杀手。

没有人知道他的名字。

他的武器就是碧玉绿箫。

玉阎罗是职业杀手。有钱就可以请动他。但他也有三不杀。

不杀孩子。不杀女人。不杀不会武功之人。

玉箫出手，必见血光。玉阎罗的碧玉绿箫，饮血无数，江湖中人，见了碧玉绿箫如见鬼魅。

杀气。

无形的杀气。

柳如风握剑的手突然抖了一下。

这是从来没有过的事。柳如风毕竟见过大风浪，急忙稳住了心神。

箫声起。如万马奔腾。如滚滚波涛。

柳如风挽起剑花，急舞。

柳如风越来越快，箫声也越来越急，只听得叮当之声，众人被杀气逼回。

柳如风的剑法快、准、狠，二十年来，为柳如风赢得了无数的胜利，可现在，柳如风被箫声牵制，连玉阎罗的衣襟都没沾到。

柳如风急了，把那套少阳剑法舞得飞快。

柳如风一急，就露出了破绽。

破绽转瞬即逝，玉阎罗怎肯错过机会。只见玉阎罗身形一变，避开剑锋，玉箫诡异地直指柳如风的面门。

玉阎罗要杀的人，从没有在他的手下走过十招。

可柳如风已经过了一百招。

玉阎罗有些惺惺相惜，手就慢了下来。

嗖嗖嗖。

柳如风的长剑挑下玉阎罗的一块儿衣袖，而玉阎罗的玉箫也击中了柳如风的肩胛穴，夜空中，甚至能听到骨头碎裂的声响。

柳如风长叹一声："这一天终于来了！动手吧！"

玉阎罗扬起玉箫，却突觉手腕一麻。是一颗石子，打中他的外关穴。

"师兄，住手！"一白衣女子，翩翩飞落。

是的，放眼江湖，除了师妹李渔的飞石绝技，还有谁能一下打中玉阎罗？

"师兄，你上当了！这里已经被包围了！"

玉阎罗跃上树梢，果然，红柳山庄外面，突然现出无数的火把，铺天盖地，比星星还多。

"柳堂主，你也是英雄，我不忍看你死得不明不白！你可知道，是谁要杀你？"

柳如风叹道："人在江湖，免不了结下冤仇，我的仇家太多了。"

"你为宁王做事，可你却想不到，让我师兄取你性命的，正是宁王。"

"为什么？为什么？"柳如风怔住。

"师兄，你被人利用了。你只知道杀人，却从不问雇主是谁，你可知道，这次出面让你杀人的，正是宁王的手下。"

"我一向为宁王做事，宁王怎会？"

"你可知道，宁王要谋反？你虽为宁王做事，可你统领伏虎堂，实力不可小觑，而你做事耿直，一旦不愿听命于宁王，那就是宁王的死敌。宁王不愿冒这个险，就不如先下手为强，先除掉你。我师兄只是一枚棋子，无论你俩谁死，螳螂捕蝉，黄雀在后，你看山庄外面，到处都是宁王的人。"

"师妹，你是怎么知道的？"

"师兄，自从你做了杀手，师父就一直郁郁寡欢。还好，你杀的八十七个人都有可杀之处，不然师父早就下山清理门户了。后来，师父让我下山，我就偷偷地跟着你。"

"怪不得！那次在舍身崖，要不是有人替我打落鬼面婆婆的毒针，我可能就活不到现在了！"

"你知道常乐门吗？只要有足够的钱，就能在那里买到有价值的消息。我没有钱，可我的一个堂姐就在常乐门。"

玉阎罗望着柳如风："我们都是别人的棋子。"

"师兄，跟我走吧，伯母跟师父都在等你！"

"拿人钱财，与人消灾，我玉阎罗从没失信过。"玉阎罗身形一晃，抢过喽啰的一把刀，众人惊呼，可寒光一闪，玉阎罗的左手已飞出。

"师兄！"李渔急忙撕下衣服，为玉阎罗止血。

玉阎罗脸色惨白："师妹，我们走吧！"

一黑一白两个人影飞入月光中，而身后的红柳山庄瞬间变成了一片火海。

箫声悠扬。如流水淙淙，如鸟儿欢唱。

此后，江湖再没有见到玉阎罗。

◀ 刺　虎

　　"登临送目，正故国晚秋，天气初肃。千里澄江似练，翠峰如簇。征帆去棹残阳里，背西风，酒旗斜矗。彩舟云淡，星河鹭起，画图难足。"这首《桂枝香·金陵怀古》乃北宋王安石罢相后退居金陵时所作，写的是金陵的壮阔秋景，把个金陵写得活色生香，叫人忍不住想前往一观。

　　金陵是块宝地，自古就是皇帝建都的好地方。据说那里的山水浩荡蟠绕，灵秀万象，孕育着帝王之气。蜀汉诸葛亮曾到金陵，看了那里的地形地貌，赞叹说："钟山龙盘，石头虎踞，此帝王之宅。"虽然三国吴、东晋和南朝宋、齐、梁、陈等六朝都曾在金陵建都，但都是割据一方，不曾统一中夏，直到明朝太朝定鼎金陵，才能"声教讫于四海，罔间朔南，存神穆清"，金陵才迅速繁华起来。虽成祖迁都北京，但金陵丝毫不受影响，依旧繁华绰约，热闹非凡，直至孝宗弘治年间，太监刘瑾擅权，大肆搜刮，民生离乱，金陵亦不胜往昔，但比全国上下，金陵也算得上是繁华都市了。

这日，黄昏时分。

金陵城，落星楼。

落星楼是一家妓院。

燕语莺声，烟花柳巷深。

落星楼是金陵城最大最豪华的一家妓院。

上下三层，广置华灯，纱窗轻掩，帘幔簇新，都是上等的苏绣。

楼上有雅座，专为招待达官贵人，富戚公子，楼下是普通座位，自然是江湖九流，草蟒豪杰的纤纤之地了。

落星楼今日与往日不同，楼上楼下，几乎人满为患。

因为落星楼今天办喜事。

落星楼能有今天，谁不知道是朱三爷的照拂。

朱三爷朱图腾，据说是皇亲，连孝宗皇帝都接见过他。

朱三爷是伏虎堂的三当家，是江湖上响当当的人物。

落星楼坐落于伏虎堂的辖区，朱三爷自是少不了常常照拂的。

何况，落星楼有的是美女。

一个个碧玉衣裳白玉人，翠眉红脸小腰身。鬓云垂，胸脯雪，脸分莲，理繁弦，玉佩金钿随步远，云罗雾縠逐风轻。含娇含笑，怎不惹人怜！朱三爷已经有了十一个侍妾，每一个都有不同的特色，有的环肥，有的燕瘦，有的能歌，有的善舞，品貌不一，气质不同，但又都有一些相似的地方，都很美，怡人的美。

但再美也美不过星星。

落星楼里的陈小星。

星星的美用沉鱼落雁，闭月羞花也难以形容。

星星的美，是看不见的美，无形的美。但你可以去感觉，用你的每一个器官，每一根神经，每一个细胞去感觉。

星星美，但更绝更出色的是她的艺。

什么琴棋书画，弦筝琵琶，甚至于燕赵的歌舞，她都会，而且精。

星星在落星楼，卖艺不卖身。

星星一个人无亲无故，能在金陵城落下脚，倚靠的当然是朱三爷的照拂。

所以，落星楼的名妓陈小星要嫁给伏虎堂的三当家——朱三爷。

这场婚礼，自是气势恢宏，壮观豪奢。贺客盈门，香车阻道。伏虎堂口，尽设流水席。

时将深夜，宾客才散，朱三爷满面红光，被大伙多灌了几杯，一路趔趄着，回了新房。

热烈的烛光，红红的盖头，朱三爷抑制不住浑身的躁动。

朱三爷抱住了陈小星。

说时迟，那时快，陈小星的手里已多了一把鱼肠剑，她粉目发威，双腕用力，趁势刺向朱三爷。朱三爷一痛，霎时酒醒，猩红的双眼怒火喷涌，最拿手的一招擘龙出海，一把挥出。

陈小星娇小的身躯怎敌得过这强大的气势，待她睁开眼睛，咽喉已被轩辕剑制住。

"为什么？"血从朱三爷的身上缓缓地渗出。

"你杀了我吧！我什么都不知道，我只知道，你是我的仇人。"

陈小星紧咬嘴唇。

"可惜了——"朱三爷叹息着，剑身颤抖，马上就要刺破陈小星的咽喉。

"慢着！"一声轻叱，一把拂尘荡开了朱三爷的长剑，一蒙面道姑挡在了陈小星的面前。

"你——"朱三爷喘息着，"我们有仇吗？"

道姑缓缓地揭下面纱。

"师妹？"朱三爷的声音颤抖着。

"师兄，杀了她，你会后悔的。"道姑面无表情，默默地数着佛珠。

"师妹，你还在恨我？"朱三爷吐了一口鲜血。

"是！"道姑怒目圆睁，像无数支箭，刺向朱三爷。

"我恨你！我恨了这么多年。你毁了我，所以，我要让你的女儿亲手杀死你——"

"什么？我女儿——"

"老天真是有眼，让你死在自己女儿的手里，哈哈哈——"道姑一阵狂笑。

"小星，女儿——"朱三爷哭喊着。

"不，师父，你骗我的，我爹早死了。"陈小星惊骇了。

"小星，"朱三爷叹道，"她不是你师父，她是你娘，你亲娘！"朱三爷断断续续地说："师妹，你对我就没一点儿爱意吗？我虽然娶了十一个侍妾，她们都像你，可又都不是你。"

"爱？你配说这个字吗？当年，师父收留了我们三个孤儿，教授我们武功，我和大师兄情投意合，可你呢，竟然为了一己之私害死了大师兄，还，还侮辱了我——"

"师妹，这么多年，我还是忘不了你！小星，孩子，对不起——"朱三爷右手一动，拔出鱼肠剑，鲜血立即狂奔而出。

"娘，你早知道刺虎计划，你还让我——"

"星儿，刺虎不只是为了私仇，我们是要剪除宁王身边的羽翼。宁王招兵买马，意图天下，伏虎堂就是宁王的鹰犬。天下百姓，刚刚安居乐业，又怎忍他们惨遭罹乱。我们要打击宁王，所以才有了刺虎计划——"

"可是，他是我亲爹，我竟然杀了我亲爹——"满腔的腥咸壅热，再也抑制不住，疯狂喷出，陈小星的眼前，绽开了一朵朵鲜艳的花，越来越红，越来越红—

◀ 自由飞翔

林青是去逮麻雀的，那种灰褐色的麻雀。

六岁的孙子可可看见邻家的孩子在吃麻雀肉，就吵着要。林青心疼可可，儿子儿媳在大城市打工，两年了都没回来，可可想爸爸妈妈，有时梦里都会哭醒。看见别的孩子牵着爸爸妈妈的手，可可的眼睛就直了，紧盯着人家看。看着可可楚楚可怜的样子，林青的心就滋啦滋啦地痛。

平时，可可有什么要求，林青都尽量地满足，可这回，可可啥都不要，就想要麻雀。

快要入冬了，风很冷，只有树的顶梢上还挂着一些儿稀疏的叶片。

捕雀不是易事，现在麻雀越来越少了，不像前些年，一进树林子，麻雀呼啦一声，冲天而去，成群结队，煞是壮观。现在的人嘴馋，麻雀成了人们口中的美食，捕雀的人多了，麻雀就越来越少。

杨树梢上停着几只麻雀，林青蹑手蹑脚，悄悄地靠近，正要布下粘网，突然听到一阵悦耳的叫声。

林青回头。

在又高又粗的那棵白杨树上，站着一只小鸟。

好漂亮的小鸟！

短短的小嘴，头顶着黑色的羽冠，身上是黄绿色，黑黑的眼睛滴溜溜地乱转。

林青很兴奋，这都什么季节了，除了麻雀还能有什么鸟？肯定是黄雀！

可可是看别人吃麻雀才嘴馋了，可现在麻雀也越来越少，都逮麻雀，麻雀早晚会被逮光的。给可可逮只黄雀也好。回家弄个鸟笼，让黄雀天天陪着可可，可可就不会想爸爸妈妈了。

林青屏住呼吸，怕把黄雀惊飞喽。直挨到了傍晚，才有了机会，粘住了黄雀。

林青买了鸟笼，给黄雀安了家，可可每天围着黄雀转，笑得合不拢嘴。

可那只小黄雀却在笼子里不停地哀鸣，可可一靠近它，它就扑棱扑棱地乱跳。

几天后，小黄雀的嗓子哑了，它闭着眼睛，一动不动，不吃也不喝。

可可吓坏了，"爷爷，小黄雀怎么了？生病了吗？"

"别怕别怕，小黄雀是和你一样，想爸爸妈妈了。"

"是吗？"可可眨巴着清亮亮的小眼睛，"它也会想爸爸妈妈？"

"是啊，你想爸爸妈妈，它也会想它的爸爸妈妈呀！"林青摸摸小孙子的头。

这天，小黄雀又叫起来了。林青抬头，发现院子里多了两只大黄雀。

一只黄雀头顶着黑色羽冠，腹部白色，覆羽是黑色，一只背上微黄，腹部有白色条纹。

"可可，快来呀，小黄雀的爸爸妈妈来了！"林青兴奋地叫。

两只黄雀在笼子旁盘旋，不时发出凄厉的哀鸣。

"可可，你看小黄雀多可怜啊，我们把它放了吧！"

"不！我不！"可可的小嘴翘得老高，泪珠在眼里打着转转，却没有落下来。

林青望望可可，望望小黄雀，叹了口气。

两只大黄雀在院子里盘旋了一天，晚上，可可叫林青："爷爷，你看，小黄雀的爸爸妈妈在给它喂食呢？"

林青出来，果然，两只黄雀正飞来飞去，在找东西喂小黄雀。可可怔怔地看着，眼里又渐渐地凝聚了泪光。

"可可，麻雀是益鸟，我们不能吃它，这种黄雀，也是益鸟，现在的数量正在天天减少，所以我们要保护它。我们把小黄雀放了吧，以后，它会孵出更多更多的小黄雀，好吗？"

"好吧！"可可低着头，"小黄雀找到爸爸妈妈了，爷爷，我爸爸妈妈啥时回来？"

"快了快了！等这林子里的麻雀和黄雀多起来，你爸爸妈妈就回来了。"

"真的吗？等这林子里的麻雀和黄雀多起来，我爸爸妈妈就会回来？"

"是。"林青肯定地点点头。

"小黄雀，快飞吧！你一定要给我带回更多更多的小黄雀来！"可可打开鸟笼，小黄雀一下冲出来，兴奋地欢叫着，三只黄雀叽叽喳喳，在院子里盘旋了许久，才飞向空中。

此后，可可每天都缠着林青到那杨树林里转转，看到有人捕麻雀，可可就非把人撵走不可。还别说，时间长了，就没有人来杨树林里捕麻雀了。

"爷爷，林子里的麻雀比昨天又多了一只——"可可数着数，兴奋得小脸通红，

树林里的麻雀和黄雀越来越多，看着它们张开翅膀，在空中自由地飞翔，林青脸上的褶皱就舒展开来——

◀ 舞　马

黄昏。

我在草地上奔跑。

这是我的短暂自由时间。

我呼吸着新鲜空气，让浑身的血脉都松弛下来。

来去看着夕阳，沉默。

出了一身汗，我停下脚步。来去还在看夕阳。夕阳的最后一抹儿红化成了来去眼底的血。

我知道，来去又想家了。

我低下头，沉默。

好久。

来去拿出那支有一道微浅裂纹的羌笛，空旷的田野上立即响起幽怨的笛音。

我昂首。起立，翻转，腾挪，跳跃，跟着音乐的节拍，我翩翩起舞。

我是一匹舞马。

这个秘密，除了来去，没有人知道。

来去是飞龙马家的人。飞龙使独揽马政大权，多选诸军小儿（北衙军将子弟）养护和调教御马。是我和母亲幸运，遇到了来去。

来去会很多种乐器，舞姿也是他人不能比拟的，重点是来去喜欢我和母亲，更懂我们。

来去对我们的尊重让母亲感激涕零。母亲是大宛名马，拥有高贵的血统。母亲刚到长安时，没把来去放在眼里。母亲有母亲的骄傲，她是高贵的公主，怎能轻易向别人低头？

可母亲还是被音乐给俘虏了。

来去的琴音，丝丝缕缕，如泣如诉；来去吹的羌笛，让母亲想起漫天的黄沙，大漠落日，故乡的炊烟。母亲坚硬的心慢慢变得柔软。

在来去的调教下，母亲成了最出色的舞马。

玄宗皇帝生辰，长安披红挂绿。后宫中，人声鼎沸，喜气洋洋。千匹舞马，随着音乐，翩翩起舞。母亲身系彩带，衔起酒杯，前膝屈蹲，为玄宗祝寿。

玄宗好音乐，有时也亲自训练舞马。看着这盛大的场面，看着自己训练的舞马那么驯服，妖媚，讨好，玄宗觉得自己很有成就。是的，前无古人，后无来者。

玄宗兴奋不已，接过母亲衔着的酒杯，开怀畅饮。

玄宗抱着美人，打着节拍，听着靡靡之音，却不知大唐的江山已经岌岌可危。

安禄山起兵叛乱，玄宗仓皇出逃，长安被叛军占领。成车的金银财宝，粮食马匹，被叛军送往洛阳。母亲和我，也被送往洛阳。

幸好，有来去在。

来去本姓李，飞龙马家李护国是他堂叔，所以来去才能得到调教御马的差事。如今落在叛军手里，来去不敢说姓李，改称吴姓。

来去被叛军抓来饲马，本可以逃走的。长路漫漫，逃跑的机会还是有的，可来去留下来了。我知道，来去是为了我。

那时，我刚刚长成，容颜直追母亲。我的身体比母亲更柔软，眼神更妩媚，乐感更准确。

来去叫我媚儿。

我是天生的舞者。听到音乐我就会心情激荡。这世间，只有舞蹈才是我的挚爱，只有舞蹈才能表达我的心情。

可在洛阳，没有人知道我是一匹舞马。

和其他的马匹混在一起，睡肮脏的马厩，干粗粝的活，我疲惫不堪，原本光亮的毛发满是灰尘。

一天又一天，一年又一年。

偶尔在空旷的田野，只有来去和我。伴着羌笛，我自由地舞蹈。只有这时候，我才感觉，自己还活着。

母亲禁不起折腾，病逝了。只有来去，陪着我。

羌笛呜咽。

来去望着远方，目光凄凉。我知道，那是长安。可我们，还能回到长安吗？

时间飞逝，安史之乱平息。来去带着我回到了长安。

我的心已经很平静，什么荣华富贵，都是过眼烟云，我只想和来去在一起，一人一马，老守田园。

可天不遂人愿，太上皇寿诞，想再现当年舞马祝寿的盛况。无奈，来去只好带着我进宫。

文武百官列队祝寿，宴席大开，可再不见当年的舞马盛况。何止如此，现在的舞马，只有我一个。

音乐响起，我急速地旋转，腾挪，跳跃。我的眼神妩媚，每个动作都是那么完美。在洛阳的那些年，是舞蹈，让我和来去活了下来。

我衔起酒杯，跪着献给太上皇。太上皇眼神迷离，迟迟未接。

我知道，太上皇一定是想起了当年的盛况。

千匹舞马，翩翩起舞，音乐声还仿佛响在耳边。

可如今的太上皇须发皆白，已没有了当年唯吾独尊的骄傲和气势。

纵然是权力极顶，纵然是金钱美女无数，可他剩下的，除了孤独，还是孤独。

太上皇的手不住地抖。

砰！酒杯落地，粉碎。

"杀！"太上皇怒吼。

我昂起头，怒对太上皇的眼眸。

哈哈！无能！我冷笑。

失去江山，做被人架空的太上皇，是我的罪过吗？

咴儿！一声长嘶，我撞向大殿旁的白玉石柱。

第七辑

鹰杀

◀ 鹰　杀

杨二被袭击了。

袭击杨二的是一只鹰。

正是秋收的季节，羊嘎啦村的村民都在地里忙活着。杨二走在自家的地里，挑了几穗苞米，用牙一咬，苞米的清香就溢满了口腔。苞米的成熟度令杨二非常满意，想来今年一定能卖个好价钱。

谁也没注意，天空出现一只大鸟，突然向杨二俯冲过来。杨二被大鸟抓掉一块儿头皮，痛得撕心裂肺，大呼救命。附近干活的人听到了，拿着棍棒追打大鸟。奇怪的是，大鸟不理会别人，只追着杨二。

杨二抱头鼠窜，大鸟紧追着他，逮住机会就用尖尖的喙啄他，用巨大的爪子抓他。

一声惨叫，杨二摔倒在地，脸上血肉模糊。这只凶恶的大鸟竟然叼出了杨二的一只眼球。这时警察来了，把杨二抬进了警车，大鸟拍打着车窗，见攻击不进去，才飞走了。

"好凶的大鸟！"有人说。

"老鹰！这大鸟是老鹰啊！"有眼尖的村民说。

"不错，是老鹰！"

"这会不会是上两次袭击杨二的那只老鹰？"

人倒霉了喝凉水都塞牙缝，这已经是杨二第三次被老鹰袭击了。

杨二第一次被老鹰袭击是在两年前的春天。

那天的风暖暖的，地头上冒出星星点点的绿。杨二端着一个破旧的红花瓷盆，往刨好的坑点苞米籽。杨二弯腰的时候，突然听到呼啸之声，紧接着腰上一紧，杨二来不及反应，身体已经悬空，红花瓷盆掉下来，苞米籽洒了一地。杨二慢半拍地发出惊叫，惊叫声还没结束，杨二就从空中跌落下来。

忍着痛楚，杨二斜眼，看清袭击他的是一只老鹰。老鹰在空中一个回旋，又俯冲下来。杨二本能地一滚，险险地躲过了老鹰的袭击。杨二连滚带爬，边呼救命，边往家跑。村民们看见了，拿着各种工具打老鹰。老鹰不理会别人，只追着杨二。杨二跑进家，关上屋门，一下子瘫软下来。老鹰用嘴敲击着窗玻璃，好一会儿才离开。

杨二第二次被老鹰袭击是在去年秋天。杨二也是在地里干活的时候被老鹰袭击的。杨二对老鹰有了恐惧，看见老鹰，他撒腿就跑。老鹰不紧不慢地追着他，逮空就用嘴叨一下他的脸，或用爪子抓一下他的肩。杨二惊慌失措，一头扎进了路边的稻草垛。老鹰哪肯放过他，硬把他从稻草垛里薅了出来。杨二的肩膀被老鹰抓掉了一块儿肉，血呼淋啦的。这时村民们赶来，刀叉棍棒齐上，老鹰才飞走了。

杨二拍着胸脯："他妈的，这只老鹰咋就瞧上俺了呢！"

羊嘎啦山上有老鹰，平时人们很少能看见。老鹰也固守着自己的领地，不上羊嘎啦村来，也不祸害羊嘎啦村的牲畜。

"这老鹰咋盯上杨二了？老鹰一般是不会主动攻击人的，除非有人招惹它！"

杨海北听着人们的议论，脸色变了又变。

杨二第一次被老鹰袭击，杨海北没放在心上，觉得那是意外。杨二第二次被老鹰袭击，杨海北心里发毛，觉得事情不简单。杨二第三次被老鹰袭击，杨海北扑通跪在地上：完了！

杨海北和杨二关系好。一条土道，杨二家住道南，杨海北家住道北。

两年前的一个晚上，杨二提溜着两瓶酒来找杨海北。

放上炕桌，杨二和杨海北就喝起来，结果两人都喝醉了。

杨二红着眼睛："哥，敢不敢去抓老鹰？"

"切！老子怕过谁！"杨海北梗着脖子。

"都说吃老鹰肉可以治痔疮，我得痔疮好几年了，他妈的，遭死罪了！"杨二咧着嘴，动了动屁股。

"那我们明天就上山！真抓到老鹰，还能卖钱呢！"

杨海北的眼里冒着绿星星，像看到猎物的狼。

第二天，杨海北和杨二就上了羊嘎啦山。他们在山上踅摸了一天，在黄昏的时候，他们才在一处山崖找到了老鹰的巢穴。巢穴里有一只小鹰，也就一个多月的样子，羽毛还没有长齐。两人大喜过望，急忙抓了小鹰，把小鹰装进了布袋里。

杨海北和杨二下山的时候，看见老鹰在空中掠过，他俩急忙隐匿起来。好一会儿，直到看不到老鹰的影，他俩才抄小道下了山。当天晚上，两人就把小鹰烤了，就着一瓶白酒，吃进了肚子。对，就是这以后，杨二开始遭到老鹰的追杀。

看着杨二空洞的眼睛，杨海北的腿直哆嗦。老鹰一定是那只被他吃掉的小鹰的母亲，老鹰是替小鹰报仇来了。

杨海北每天都睡不安稳，他天天都会被噩梦惊醒。杨海北梦见了小鹰，小鹰被放在火上烤，然后火堆突然炸开，小鹰满身是火，把他推了进去。杨海北也梦见了老鹰。老鹰盯着他，神色凄然。然后老鹰就扑向他，坚硬的利爪抓得他满脸是血，遍身伤痕。

杨海北被噩梦折磨，人瘦了一圈，整天无精打采的。

他害怕，害怕老鹰来找他。

一天，杨海北听见了敲窗户的声音，迷糊中，他看见窗户上贴着一只鹰眼。

杨海北自首了。这时人们才知道，杨海北和杨二吃掉的不是鹰，是金雕，是国家一级保护动物。

此后，羊嘎啦村再没有人去抓鹰了。

◀ 胡　子

何欢跟林陪结婚了。

确切地说，何欢是跟林陪的胡子举行的婚礼。

何欢宣布这个决定的时候，家里犹如遭了一枚炸弹。爸爸夹烟的手指不停地抖，妈妈抱着何欢，哭喊着："我苦命的孩子啊！"

姑姑、姨姨、舅舅、伯伯挤了一屋子，轮番上阵，劝何欢改变主意，奶奶受不了刺激，晕了过去，房间里一阵忙乱。

何欢眼神空洞。她靠着被子，怀里抱着一个红色的小盒子，盒子里，躺着一绺胡子。

那是林陪的胡子。

何欢和林陪是电影学院的同学，两个人学的都是表演。在学校的各种演出中，两个人多次演恋人。何欢的形象清纯，甜美，林陪帅气，特别是那两道短却打理得很精致的胡子，让林陪男人味十足。

何欢喜欢上了林陪，她觉得林陪的胡子就是一个个充满了诱惑力的艺术细胞，几分张扬，几分神秘，让何欢不可控制地迷恋。

林陪曾问何欢，他就是一个排不上号小演员，穷得兜里比脸还干净，她喜欢他什么？

何欢毫不犹豫地说，喜欢你的胡子啊！你的胡子很迷人，像磁石一样吸引我；你的胡子很倔强，有浓浓的男人味。

林陪对何欢的回答很意外，也很兴奋。他翻身压住她，用硬硬的胡子蹭她的脸，她的唇，她的乳房，她身上的每一寸肌肤。爱情的滋润让他们觉得每一秒钟都是幸福的。

毕业后，何欢进了电视台，成了一档节目的主持人。林陪想当导演，却没钱没资源，只能从最底层的群众演员做起。何欢的事业蒸蒸日上，林陪虽然有了进步，不再是群众演员，却也只是十八线的小演员。

林陪抑郁了。他整天窝在房间里，盯着天花板发呆。何欢努力地劝解他，可他就是过不去心里的坎。何欢要拍摄节目，出差了。一个月后，何欢回来，林陪的样子吓了他一跳。林陪邋里邋遢，头发像鸡窝，那胡子快有寸长了。何欢气得把一盆子水都扣在了他的头上："孬种！你还是个男人吗？这么点儿挫折你就受不了了！"

或许是那盆水让林陪清醒了，也或许是何欢咬紧嘴唇强忍泪水的模样唤醒了林陪心底的柔软，他终于走出了屋子。

何欢亲手剪掉了他的胡子。你看，胡子剪掉了还可以再长出来，生生不息，这才是男人的味道。

何欢把剪下的胡子装进一个红色的小盒子里，霸道地说："你是我的！我要把你的胡子藏起来，让你的一辈子都属于我！"

林陪蠕动着嘴唇："我，我……"

"你有能力，我相信你！"

林陪的身子一震。阳光包围着他，暖融融的。

三年后，林陪终于演上了主角，并获得了百花奖的最佳男演员奖。大街上，到处可以见到林陪的大幅海报。

何欢高兴坏了，她把林陪的海报贴满了卧室。

"还是我的眼光好，才捡到你这个潜力股！"何欢骄傲地说。

"我有那么好吗？"林陪轻咬着她的唇瓣。

"有啊有啊！"何欢指着海报上的林陪，"不说你那帅气的眼睛，就是你那胡子，虽短却精致，不知要迷倒多少女孩子了！"

"也包括你？"

"是啊是啊！"何欢重重地点头，眼神狡黠。

林陪成功了，可他没有忘记当导演的梦想，他把全部的资金都投入进去，拍摄了一部历史大剧。林陪说，等电视剧拍摄完成，他们就举行婚礼。

那场意外突如其来。

电视剧杀青了，全剧组的人一起吃饭庆祝。林陪太兴奋了，他着急回家，几个月没见到何欢，他要给他个惊喜。

林陪揣着提前买好的钻戒，开车往家赶，可他几天都没有休息，太疲劳了。高速路上，林陪的车子撞上了栏杆。

何欢没有哭。她静静地给林陪抚平衣角，轻轻地给林陪剪掉了长得很长的胡子，把这绺胡子和红盒子里的胡子放在了一起。

办完林陪的丧事，何欢把自己关在房间里，不吃也不喝。再打开房门的时候，何欢就向家人宣布了一个决定：她要嫁给林陪，她要跟林陪的胡子举行婚礼。无论家人怎么劝说，何欢都执拗地坚持自己的决定。

看着面色苍白，瞬间消瘦下来的何欢，妈妈红肿着眼睛，无奈答应了。

婚礼在豪华的大酒店举行。邀请的人不多，只有直系的亲戚和关系密切的朋友。何欢穿着洁白的婚纱，戴着林陪买给她的钻戒，手里捧着红色的小盒子，走上了红毯。

盒子里是林陪的胡子。

何欢眼神清亮，她听到了他的声音："老婆，我们结婚了！老婆，你是天下最美的新娘子！老婆，我很感谢我的胡子，它是我们的媒人呢！老婆，我爱你！"

礼堂里，人们偷偷地抹着眼泪。

何欢笑着说："不要为我哭泣，为我祝福吧！"

何欢辞了主持人的工作，做了幕后编辑。二十年过去了，何欢还是一个人。每年，何欢都会休一个假期，带着她宝贝的胡子，到各地去旅行。

◀ 石　榴

石榴又梦见了那个男人。

在梦中，男人的脸很模糊，但那根根挺立的络腮胡子，却异常清晰。

石榴不认识男人，更不知道男人的名字。

那天，石榴和一帮女孩在河边洗衣服。女孩子们嬉闹，你泼我，我泼你。男人骑马经过，下了马，在河边洗脸。石榴追着同伴，一盆水哗地泼到了男人的身上。石榴愣住了，男人看着她："泼了人一身水，你不道个歉？"

石榴凶凶地说："谁让你好巧不巧地出现在我面前！"

"我就在河边洗把脸，还有错了？"男人气笑了。

"那是你倒霉！"石榴红了脸，急忙跑开了。

那个男人，唇上的八字胡比较短，下巴上的胡子稍长一些，很有男人味。呸，呸！不就是胡子吗，哪个男人不长胡子？石榴翻了个身，不曾想，那个男人竟然潜进了她的梦里。

石榴是石掌柜的闺女。

羊嘎啦村只有一家粮店，店里只有石掌柜和一个伙计。说是掌柜，其实是替别人管事的，老板在城里，只年终的时候来看下账，其余的大事小情都交给石掌柜打理。

羊嘎啦山上闹胡子，到处抢劫，杀人，放火。百姓畏惧，孩子夜里啼哭，吓唬孩子说胡子来了，孩子立刻止住了哭声。

这天，胡子下山，抢劫了粮铺，村里的好多百姓家都遭了殃，粮食都被抢走了。

石掌柜护着粮食，被胡子一棒子打在脑袋上，没了气息。

夜深了，石榴和娘守在灵堂。因为事情太突然，棺材得上城里去买，石掌柜的尸体暂时放在搭起的木板上。

突然，尸体动了，竟然坐了起来。

"啊……"一声惊叫。石榴娘两眼一翻，竟被吓死了。

石掌柜刚醒，一时之间，也被吓傻了。

原来石掌柜并没有死，他只是脑部受了伤，有瘀血，现在瘀血化开，他就醒了过来。

石掌柜吓死了老婆，粮铺又被抢，他觉得对不起老婆，对不起老板，终日郁郁寡欢。他脑袋本就有伤，一个月后，石掌柜也去世了。

一个月内，石榴痛失爹娘，这让石榴恨死了胡子。如果不是胡子，她的爹娘也不会死。石榴安葬了爹后，就想找胡子报仇。

石榴的一个远房亲戚的侄儿当了胡子，通过他的介绍，石榴进了胡子窝，给这帮胡子做饭，洗衣。

石榴是新来的，见不到胡子头。石榴在身上藏了一把匕首，等待机会。

这天，胡子又下山了，抢回来不少财物，于是摆了宴席，喝酒庆祝。石榴这才有机会见到胡子头。然而，只看了一眼，石榴就僵住了。胡子，那是常常出现在她梦中的络腮胡子。

"你，新来的吧？咋，看到爷，吓傻了？还不过来给爷倒酒！"秦武大声地笑道。

石榴一震，急忙应了声是，上前给秦武倒酒。秦武一把抓住了石榴的手："是你！"秦武哈哈大笑："那日你泼了我一身水，还没泼够吗？竟然追到了这里来！"

石榴甩开秦武的手："呸！谁追你了！我是来做饭的！"

"做饭的？"秦武玩味地笑："以后，你就专门伺候我吧！"

石榴一惊，秦武用手指挑起她的下颌，"想什么呢？不是再想，怎么爬上我的床吧？"

"呸！"石榴怒瞪着秦武。

秦武哈哈大笑，连干了三杯。

那以后，石榴就被留在了秦武身边，给秦武做饭洗衣。

石榴陷入了矛盾中。她没想到，那个时常潜入她梦中的人，竟然是胡子头。

秦武威武雄壮，特别是那性感的胡子，打理得很精致。唇上的一撇一捺，短而齐整，下巴上的一排稍长，黑且密。石榴常常地偷看他，石榴觉得他的胡子很有男人味。

秦武带人炸了日本鬼子的火车，可秦武却受伤了。夜深人静，石榴偷偷掏出了匕首。石榴看着秦武，她的心好痛，她的手在颤抖。

秦武突然睁开了眼睛，他打掉了匕首，把石榴压倒在床上，热烈的吻铺天盖地，差点让石榴窒息。

秦武喜欢上了石榴。石榴的爹娘虽不是秦武亲手杀死的，可若不是秦武下山抢劫，石榴的爹就不会受伤假死，也不会吓死石榴的娘。秦武非常后悔。秦武放走了石榴。

秦武剪了胡子，他把一绺胡子交给了石榴。秦武向石榴承诺，他只打鬼子，不会再害人了。什么时候打跑了鬼子，什么时候就回来娶石榴。

石榴红了脸：呸！谁要嫁给你了！可石榴的手却接过了胡子。

石榴回家后，每天都在留意秦武的消息。听到秦武抢了日本人的粮食，分给了吃不上饭的老百姓，石榴的心里甜滋滋的；听到秦武炸了日本人的火车，打了胜仗，石榴兴奋得睡不着觉。

半年后，秦武被日本鬼子杀害了，头颅挂在了城门上。

石榴一辈子没有嫁人。石榴死后，和她埋在一起的，是一绺胡子。

◀ 滋 味

白白的衬衫领上，印着一抹儿红，那么突兀，那么张扬，像盘丝洞的蜘蛛精。

代咏歆不傻，自然知道那是口红的印记。那一刻，代咏歆脸色泛白，扑通跌坐在冰冷的地上。

口红这东西代咏歆不是不喜欢，可自从她开了蛋糕店后，怕顾客嫌弃不卫生，她基本上都是素颜，口红也就束之高阁了。很显然，这口红是别的女人留下的。

"咏歆——"爸爸在卧室里喊。

代咏歆急忙爬起来，慌乱中胳膊撞到了门框，代咏歆"嘶"的一声，也不理会。代咏歆打开洗衣机，把白衬衫扔了进去。

铺好纸尿垫，摆正大便器，爸爸却半天都没有便出来。撤了大便器，给爸爸翻身，发现尾骨那又红了。爸爸新置换的股骨头，医生交代，要经常翻身，尾骨那承受压力最大，要经常揉，不然容易起褥疮，皮肤溃烂。

爸爸睡着了，代咏歆甩了甩酸疼的手，打开洗衣机盖子，往口红印上洒上洗衣液，旋开按钮，顿时响起哗哗的声音。靠着卫生间的墙壁，代咏歆疲软下来，哽咽阵阵，却被哗哗的轰响淹没。

自从爸爸住院后，代咏歆就忙成了陀螺。

爸爸是在家摔倒的。岁数大的人不扛摔，爸爸的右腿股骨头摔成了骨折。给弟弟打电话，弟弟说太忙，回不来，就撂了电话。开始老公还帮着代咏歆忙活忙活，可爸爸做完手术后，因为弟弟不回来，也不拿手术费，老公很生气，就不到医院来了。代咏歆只好雇护工帮忙。

爸爸住了二十天院，要出院了，代咏歆和老公商量要接爸爸回家住。爸爸原来身体还好，就一个人独住，可现在身边离不了人了。老公的脸上带着一抹不屑：儿子呢？又不是只你一个孩子，凭啥都得你负责？

那天，代咏歆和老公大吵了一架。没办法，爸爸只能回家，代咏歆也只好住在那里，照顾爸爸。

蛋糕店的生意不太好。新来的小妹只会烤几种糕点，搞得老顾客都少了。代咏歆想找个全职护工照顾爸爸，她好腾出时间照看蛋糕店，可是全职护工太难找了，代咏歆只能退而求其次，先找个护工白天照顾爸爸，晚上由她自己来照顾。就这样，代咏歆早上侍候爸爸吃完早饭，护工来了，她就去蛋糕店。下午五点钟，代咏歆从蛋糕店回家，给儿子做晚饭，收拾完了，把儿子和老公换下的衣服装在塑料袋里，回爸爸家。做饭，洗衣服，每天忙完了都到半夜，累得她沾了枕头就睡着。

代咏歆刚刚睡着，爸爸就要小便。给爸爸接完尿，爸爸又浑身疼。代咏歆给揉了好一会儿，爸爸才睡着。这一宿，代咏歆只睡了三个小时。

早上，代咏歆顶着黑眼圈爬起来，给爸爸蒸了鸡蛋糕，里面特意放了虾仁。代咏歆照顾爸爸吃完饭，一看时间来不及了，抓了一盒纯牛奶扔进自行车的车筐里，就骑车往蛋糕店赶。今天有顾客预订了多层的蛋糕，是过八十大寿的。蛋糕店生意清淡，这对代咏歆来说可是大生意，代咏歆自然不敢马虎。

代咏歆选了最好最新鲜的奶油，精心细致地勾画寿翁、寿桃，还有层层叠叠，或紫，或红，或白，各种颜色的花朵。蛋糕取走了，代咏歆揉了揉腰，坐在椅子上，困意袭来，上下眼皮直打架。手机铃声不合时宜地响起来，代咏歆按下接听键，耳边传来女人嚣张的声音："我喜欢你老公，我们已经在一起了，你离婚吧！"女人放肆地笑："谢谢你呀，你们已经两个多月没在一起了吧！"

代咏歆没有吭声，她呆呆地，任凭泪水无声地滑落下来。从发现老公衬衣领上的口红印迹，代咏歆就知道老公变心了。代咏歆没有质问老公，儿子马上要高考了，她不能天天陪伴儿子，已经很内疚，这个时候，她不能给儿子添堵，不能影响儿子考试。代咏歆隐忍着，她没想到，小三竟然那么嚣张，竟然会给她打电话。

晚上，代咏歆给儿子炖了排骨，儿子盯着她红肿的眼睛："你哭了？"

"没，没，是迷眼睛了。"代咏歆慌乱地说。

儿子吃饭，没再吱声。

临走，代咏歆还是拿走了老公换下来的衣服。

三个月后，高考如期而至。儿子一脸无所谓的样子，代咏歆却紧张得一夜未睡。送儿子到了考场，儿子就撵她回去。儿子说没必要在那等好几个小时，等于不等，他该考啥样就是啥样。

　　代咏歆觉得儿子说得有道理，也没纠结，就打车去了蛋糕店。蛋糕店不忙，代咏歆照着镜子，镜子里的中年女人不施粉黛，脸色暗黄，眼角不知什么时候爬上了鱼尾纹。这是谁？怎么那么陌生？代咏歆自己都不能容忍自己了。代咏歆交代了小妹一声，就跑去了商场，她要好好地打扮自己。

　　两天的考试结束，儿子对代咏歆说："妈，离婚吧！我长大了！"代咏歆怔住，眼泪止不住地滚落下来。

　　一个多月后，儿子收到了录取通知书，爸爸也能下地走路了。在儿子的鼓励下，代咏歆参加了美食大赛，她做的蛋糕获得了季军。

　　太阳东边出来西边落，代咏歆继续开着蛋糕店，每天忙忙碌碌的。酸甜苦辣咸，人生起起伏伏，不就是要品尝各种滋味吗？

◀错　过

村外的大路上，顺子牵着二丫的手，霞光把顺子的脸映得通红，路边的白杨发出哗哗的响声。突然，升起了浓雾，二丫的手被松开，顺子的手越来越模糊，最后不见了。二丫惊慌地奔跑着，哭喊着，可她怎么也找不到

“顺子！”

淑珍睁开眼，发现枕巾湿了一片。淑珍红了脸，在心里骂自己：老了老了还越发的没出息了，还见天的想起男人来！可马上她的心里就有一个声音说：想自己的男人有错吗？天知道，淑珍已经2315天没见到自己的男人了。淑珍多想听男人喊她一声二丫呀！二丫是淑珍的小名，也是顺子对她的爱称，只是孩子们长大后，顺子只能偷偷地喊她二丫，尤其喜欢在两人亲热的时候这么喊她。

孙子又把被子踹开了，淑珍拽过被子，给孙子盖好。

瞅瞅时间，才凌晨三点，做早饭还太早，淑珍躺下，怔怔地盯着天花板。

淑珍是羊啦村人，那里山清水秀的，稻谷飘香，鱼也肥美。

淑珍种着田，养十几只鸡，十几只鹅，日子不富裕，却十分惬意。淑珍很知足，特别是两个儿子，一个在南京，一个在山西，工作都不错。

六年前，大儿媳生孩子，淑珍把家交给了顺子，来了南京。没想到，淑珍和顺子这一别，就是六年。当时淑珍想伺候完大儿媳的月子就回家的，家里的田，还有鸡鸭鹅，淑珍不放心。可大儿媳休完产假就上班了，孩子扔给了淑珍。没办法，儿子儿媳都上班，总不能把孩子自己扔家里。雇保姆吧，花钱不说，不放心啊。儿媳常念叨，哪里的保姆不好，虐待孩子了，还给淑珍看过视频，那么小的孩子被保姆掐得青青紫紫的，让人直揪心。

淑珍还能说什么，就这样开始了和顺子两地分居的生活。三年后，二儿媳怀孕了，二儿子打电话让淑珍去伺候月子。大儿媳冷着脸："你走了，你孙子咋办？谁接送上幼儿园？"淑珍的心里一咯噔，这三年来，淑珍小心翼翼的，生怕大儿媳不高兴，可这手心手背都是肉，二儿媳妇生孩子，她不能不去。淑珍想来想去，只能让顺子把家里的鸡鸭鹅都处理了，让顺子到大儿子家来，接送孙子。淑珍本想等顺子到了她再走，毕竟她和顺子三年没见了，说不想，那是假的。可二儿子一个劲地催，说媳妇体质弱，时不时地肚子疼，害怕早产。淑珍急忙收拾好，坐车去了山西。

二儿媳生了，是个女孩。一晃孙女三岁了，淑珍已经六年没见过顺子了。淑珍自己还好，对山西的饮食习惯虽然不太适应，但淑珍会做。淑珍做饭按照儿子儿媳的口味，面食居多。山西人无醋不欢，淑珍不吃醋，就做点儿不放醋的，不吃馍馍，就焖点儿米饭。淑珍的馍馍蒸得好，二儿媳很爱吃。淑珍还包揽了所有的家务，二儿媳就是甩手掌柜。

淑珍一天天地数着日子，盼着孙女快快长大。淑珍惦记着顺子，可又看不见，摸不着。淑珍的手机是老年机，淑珍也不会发视频，两人之间只能靠打电话联系。有一回，二儿子在家，淑珍让二儿子给发视频，正好大儿子在家，淑珍看了一眼顺子，眼泪瞬间就掉下来了。没等淑珍说话，大儿子就关了视频。过后顺子打电话说，大儿子忙，总有人找，吃饭都吃不消停，以后还是别视频了。淑珍叮嘱顺子，不会做饭要学，不然儿媳妇会嫌弃的。头晕别不当一回事，降压药要按时吃。

淑珍上了火车后，人还是蒙的。大儿子突然打电话让她回去，淑珍很担心，怕顺子出事。淑珍放好随身的物品，急忙给顺子打电话。铃响了半天，顺子才接，声音很沮丧："我收拾东西的时候从凳子上摔下来，把孙子的小车砸坏了，孙子不要我了。儿媳妇说我做饭难吃，说我没用，就让我上二儿子家，把你换回来。"

淑珍的心如坠冰窟，她含泪叮嘱："到了老二家，你一定要学会蒸馍，老二媳妇最喜欢吃蒸馍了！"

"二丫！"顺子低声喊，"你往窗外瞅，我也往窗外瞅，或许，我能看见你呢！"

淑珍瞪大了眼睛，望着窗外。火车交错而过，淑珍没有看到顺子。

淑珍回到了大儿子家。孙子上了幼儿园，家务活比在二儿子家轻省了许多。淑珍的性格也好，虽说难免有时盆碰勺，但淑珍不计较。淑珍更担心顺子。顺子每次打电话来，都跟淑珍抱怨。不是馍馍没有蒸起来，儿媳妇甩脸子了，就是米饭蒸硬了，吃完了胃疼。淑珍只能安慰顺子：等吧，等孙女大了，我们就回老家去。

二儿媳怀了二胎，淑珍的第一反应是高兴的，可二儿媳让她马上去，把顺子换走。淑珍叹着气，知道这是顺子遭嫌弃了。淑珍跟儿子们说，这回她一定要见到顺子，她让顺子等她到了，见上一面。

在火车上，淑珍接到电话，顺子突发脑出血，在医院急救。等淑珍赶到，顺子已经停止了呼吸。

过年了，儿子一家欢欢乐乐地。淑珍躲在房间里，悄悄地落泪。床上，摆着一张照片，黑白的，旧得泛黄。

照片上，是一片白杨林，顺子牵着她的手，笑容灿烂。

第八辑

免费俗人

◀ 缺　憾

他不想活了。

没有原因，他就是不想活了。

他一心想死，可死了后别人忘记他怎么办？他很担心这个问题，他不想别人忘记他。可他就是个普通人，不是帝王将相，不是国家的有功之臣，也没做什么对百姓有益的事，怎么才能叫后人记住他呢？

他思考了很久，直到网络上的一个词语"黑红"给了他启发。"黑红"也是红啊，只要达到目的就好。他想，既然选择了死亡，那他就要找到一个与众不同的死法，那是他后世留名的唯一机会。

可是，要怎么个死法好呢？他是与众不同的，他的死法也必须与众不同。他是个追求完美的人，他想让自己的生命完美地结束。还有，他怕疼，特别特别怕的那种，他必须选择一个舒舒服服的死法。

他翻阅了很多和死法有关的书籍，也上网找到了 N 种死法，遗憾的是这些死法都不符合他的要求。他边研究边实验。他来到了马路上，路上车流不断。要不，来个车祸？只是瞬间，应该没有疼痛感。而且特简单，只要他冲出去，冲上车道，嘎的一声，一切就都结束了，这个世界上再没有他这个人。哼！他冷笑。要是这样死了，他自己都会嫌弃自己。他是有洁癖的，飞速的汽车轮胎，还有汽车尾气，太肮脏了，他不会让肮脏的东西污染自己的身体；他死也要死得体面，他讨厌刺眼的鲜红，他不能忍受身体的残缺。

他放弃了，或许，他应该试试跳河。

他来到了河边。这是一条无名河，河面很宽，河水很深。他不知道这条河流向哪里，但总归是要汇入海洋的。

河水应该是干净的，他只要纵身一跃，他的计划就完成了，他就远离了尘嚣，这世界就和他再没有一点儿关系了。

他静静地坐在河边。

他没有跳下去。他才没那么傻，这样的死法太老套了，和他的初衷背道而驰，还有，被水浸泡，他岂不是形象全无？

他研究了很久，他觉得这些死法都太普通了，为此他吃不下饭，睡不着觉。他烦躁、焦虑、开始怀疑自己的决定。就在这时候，史书上的一页记载让他眼前一亮。

史书上说，春秋时期，晋景公病了，请来了桑田巫看病。桑田巫说他活不过今年的新麦。晋景公很生气，把桑田巫赶走了。不久，新麦下来了，晋景公急忙让人献上新麦，做了一碗新麦饭。晋景公让人抓来了桑田巫，让桑田巫看到了新麦饭，就把桑田巫杀死了。就在晋景公端起碗，要吃新麦饭的时候，他感到肚子胀疼。

晋景公急忙往厕所跑，可是不知怎么的，晋景公一下栽在了粪坑里。粪坑又大，粪便又多，晋景公就淹死了。

哈哈哈。他笑得直打颤。这个死法好，虽然是遗臭万年，可他的名字却让许多人记住了。但是，还是可惜，他不能选择这个死法，他的洁癖太严重了。

他又找到了 N 加 N 个死法，然后，一只名字叫莱卡的狗进入了他的视线。

莱卡是一条流浪狗，但没有哪一条狗的"狗生"能比莱卡更加传奇。1957 年 11 月 3 日，莱卡被斯普特尼克 2 号卫星送入太空。莱卡是第一只太空狗，是第一个进入太空的地球生命，莱卡的尸体至今还在太空漂浮。太空啊，无边无际，神秘，广博。他很羡慕莱卡，如果能交换，他愿意做莱卡。

他用了很长的时间才平复了心情。他只是个普通人，他比不了莱卡，他去不了太空。

他烦躁地在 N 加 N 个死法的后面，打上了 N 加 N 个叉叉。

这天早晨，他照常去单位上班。在没找到合适的死法之前，他还得活着。

没有人知道他在研究怎么死，他把内心的想法掩饰得很好。这毕竟是很怪异的事，他不想别人看他的眼光像看个怪物一样。在同事面前，他一直保持着温润有礼的形象。

单位到他家的距离不算远，步行也就三十分钟左右。

他每天都是步行去上班。甚至，从家到单位，他走了多少步，他都清清楚楚。当然，步数不是天天都一样，或许有个一步二步的差异，那是他步大步小的原因。

就是在这条路上，有一个东西晃到了他的眼。

他停下了脚步。

东西不大，有两个圆圈，连着一个月牙形的小坠子，亮晶晶的，反射着太阳的光线。

他不确定这是什么东西，感觉这好像是个钥匙扣。他捡起来，把自己的钥匙挂了上去。

疼痛是从手指上开始的，他手指上的肌肤迅速地被腐蚀，然后向上蔓延。他被人送到了医院，检查结果，他捡的那个钥匙扣上，含有很强的放射性物质。

他的肌肤以肉眼可见的速度正在烂掉，他的脸已经不是脸了，分不清鼻子和嘴，是那么的丑陋不堪。他害怕极了，他不想死。可是晚了，他没有机会后悔。

他眼睁睁地看着自己的肌肉烂掉，骨头粉碎。那个晚上，医院里响彻他凄厉的叫声。

他死了。只是很可惜，这个死法有缺憾，显然是不符合他的要求的。

◆ 镜中人

"我要杀了你！"

他满眼血丝，眼神狠戾，脸扭曲得变了形。

他是最注重自己形象的，可此时，他那张年轻英俊的脸丑陋得像个怪物。

"为什么？为什么？"他咆哮。

他怎么会变成这个样子的？他本是个性格温和的人，从不和人吵架。他从小生长在温室里，他拥有别人羡慕的幸福童年。好似，一切的不如意，是从进入这家公司开始的。

那时他刚刚毕业，就进入了全国的百强企业工作，他兴奋得好几宿都没睡着觉。他满腔热血，浑身上下、四肢百骸都充满了干劲。

他分到了研发部。他很高兴，觉得自己很幸运，因为和他所学的专业对口，他觉得自己的一身本领终于有了用武之地。可他高兴得太早了，现实让他大失所望。主管只让他扫地，端茶，倒水，有什么研发任务都不带他，他成了闲人。闲人就闲人吧，他知道，新人都不受待见，他早晚得过这一关。好不容易熬过了三个月，主管终于让他参与研究任务了，又过了半年，研究任务成功，可发奖金时，有主管和同事们的，却唯独没有他的份。他和主管大吵了一架，主管说："我们公司就这个规矩，你爱干不干，不干就走人！"

同事劝他："忍忍吧，谁不是这样过来的？"还劝他，"要想在公司待下去，必须学会做舔狗。"

他要气疯了，却只能忍气吞声。他知道，找工作不容易，能在全国百强的企业工作更是不容易。他变了，对主管低声下气，使出浑身解数谄媚讨好，甚至，主管把他独自研发的成果抢去了，占为己有，他都没吭一声。他对同事温言软语，未开口，先露出了虚情假意地笑。

他练出了一副厚脸皮，他成功了。三年后，他升了职，加了薪，可他却越来越讨厌自己。他已不是他，他把自己弄丢了。

他结婚了。他本以为，多了一个人陪伴，他会很幸福，可他没想到，结婚会引起一系列的连锁反应，让他无所适从。当然，反应最大的就是房贷，那就是个庞然大物，压得他喘不过气来。他疲惫不堪，可每天还要忍受老婆的辱骂。老婆嫌弃他挣钱少，骂他无能，怒斥他是窝囊废。他们争吵不断，当然，每次争吵，都是以他跪搓衣板告终。

他痛恨自己，痛恨自己的软弱，痛恨自己一见到老婆发火，就两腿抖成了筛子。他的尊严呢？他还是男人吗？他不止一次地怀疑自己是不是做过变性手术。或许，就是从那时起，他有了杀死自己的想法。

他很努力，可他不知道，日子咋就过成了这样。

老婆把女儿丢给他，描眉涂红，打扮得花枝招展，去和有钱人约会。他求老婆不要去，老婆甩了他一巴掌，咣当关上门，噔噔噔噔地去逍遥了。

他抱着女儿哭泣。他爱老婆，他不想跟老婆离婚。

他唯一的安慰就是他的小棉袄。他是女儿奴，见到女儿就"喵！喵！喵！"。女儿喜欢猫，他特地为女儿买了一只猫。

那是一只英国短毛猫幼崽，浑身雪白，可爱得像个精灵。那只猫足足有五百块，是他攒了三个月的零花钱才买来的。他的工资都交给了老婆，这是他第一次忤逆老婆的意愿。为了满足女儿的心愿，他被罚每月的零花钱减少一半。他不后悔，只要女儿开心，他觉得值。

女儿太孤单了。老婆不管女儿，女儿生病了，她都要去跳舞。幸亏有了那只猫，可以陪着女儿。他给那只猫取名叫欢欢。

欢欢是只通人性的猫，性格温和。每天他一回家，欢欢就偎在他脚边，用小爪子蹭他。女儿像小燕子一样，扑进他怀里，对他撒娇。然后女儿假装生气，埋怨欢欢，他一回来，就不要她了。欢欢舔舔他的手指，就蹦进女儿的怀里，撒娇卖萌哄女儿。有了欢欢，女儿快乐了许多，上幼儿园也愿意和小朋友一起玩了。

如果日子继续这样下去，他或许是能忍受的，如果没有那场变故的话。那场变故突如其来，犹如一场地震，打翻了天平的平衡。

欢欢淘气，碰倒了老婆的香水。那可是法国香水，老婆根本买不起，自然是那个有钱人送的。老婆暴怒，打了欢欢，把欢欢撵出了家门。那天正下着雨，女儿穿着凉鞋，撑着一把大伞，跑出去找欢欢。那把伞太大了，被风一吹，差点没把女儿带到天上去。女儿一路踉跄着，叫着欢欢的名字。那把伞遮挡了女儿的视线，女儿没注意到斜刺里开来的大卡车。随着刺耳的刹车声，女儿倒在了血泊里。

女儿死了。他的希望没有了。

他恨。他恨自己。

"我要杀了你！"

他双目猩红，身体内原本被压制的狂躁因子疯狂地涌出来。

乒！

乓！

镜子碎了。

◀ 第三条岸

叶子停下了脚步。

拦住叶子的是一条河。

这是一条没有名字的河，水面幽深，迷茫，看不到岸。

该往哪里去？叶子挺着鼓鼓的肚子，怔怔地盯着河面。河水呜咽，把叶子的心揪得生疼，但叶子没有哭。叶子不是不会哭，是她的眼泪已经流干了，再也流不出一滴泪水。

这是她的错吗？叶子很迷茫。叶子的眼前闪过一张张脸，有熟悉的，有陌生的。每张脸都有着不同的表情，鄙视的，嘲笑的，怒骂的，幸灾乐祸的。脸的颜色也各异，艳红的，黢黑的，还有那最讨厌的半红半白的。相同的是，每张脸都很丑，都张着血盆大口，讥讽她，谩骂她。他们往她身上吐口水，骂她是贱女人，还往她的屋门上抹黄灿灿的屎。叶子蒙了，这些脸，她太熟悉了。有往日一起洗衣服的姐妹，有亲切唤她丫头的阿婆，有给她塞野果的阿哥，有看着她长大的伯伯。他们往日的温柔善良，都到哪里去了呢？还有那些脸，那些陌生的脸，叶子确定，她从来没有见过他们，可那些脸为什么也要骂她？撕咬她？

叶子挪着僵硬的腿，一步一步，河水漫过脚踝，丝丝的凉。

突然，肚子痛了，一下，一下，又一下。叶子轻轻地摸着肚子，是孩子感染了她的情绪，在安慰她吗？

叶子扯了扯嘴角，满是苦涩。

孩子，不要怕，妈妈带你去那没有痛苦的地方。

叶子努力地撑着身子，向前走去，水波一圈圈地荡漾开来。

这是她的错吗？叶子想起了那个让她恐惧，让她浑身的细胞都颤抖，让她恨不得把自己的身体都缩小到尘埃里的夜晚。

没有月光，黑漆漆的一片。叶子深一脚浅一脚地走在泥土路上。虽然看不见，但叶子知道，旁边的地里有几座坟。叶子哆嗦着，但还是压抑着恐惧往前走。叶子要去前面的屯子，家里的母马难产了，叶子去找兽医。

穿过前面的树林，就到屯头了。就在这时候，叶子被一只手捂住嘴，一只手勒住了她的脖子。叶子拼命地挣扎，可她的力气太小，她发不出声音，她被拖进了树林。

叶子不知道男人是谁。叶子只知道男人很粗暴，像发狂的野兽，那撕裂般的疼痛要把叶子吞噬，叶子感觉自己一下子跌进了地狱。

叶子不知道自己是怎么找到兽医的，也不知道自己是怎么回家的，好在兽医的医术不错，母马平安产下了小马驹。母亲没在意叶子怎么样，只以为叶子是路过坟地时受了惊吓。

叶子不敢把这件事告诉母亲，更不敢让别人知道。叶子知道，村里的疯婆婆就是出了同样的事才疯的。

疯婆婆原本不疯。疯婆婆年轻时很漂亮。疯婆婆没想到,漂亮会给她带来灾祸。因为疯婆婆漂亮,引来了不少男人觊觎,可疯婆婆已经有心上人了,就谁也不搭理。可没想到,就在疯婆婆要成亲的前夜,疯婆婆被人掳走了。疯婆婆是刚烈的,她咬掉了男人的一根手指,指正了那个男人。男人被判了刑,可疯婆婆的心上人却不要她了,骂她是烂货,还娶了别人。村人都朝她吐口水,骂她是勾引男人的狐狸精,走到哪里都有人骂她,更有那娶不上媳妇的单身汉,明目张胆地把她往树林里拽,村人麻木地望天,没有人帮她。她疯了。

叶子不想变成疯婆婆,可叶子没有想到,她怀孕了。

叶子小心翼翼,每天都把自己裹得像粽子一样,可她的肚子还是一天天地鼓起来。母亲最先发现了叶子的不对劲,逼问叶子野男人是谁,可叶子真的不知道那个男人是谁。母亲以为叶子护着野男人,更加暴怒,拿起藤条就抽叶子。叶子遍体鳞伤,但她下意识地护着肚子。

叶子每天忍受着母亲的怒火,可情况越来越糟糕,村里人看她的眼神都变了,各种谩骂铺天盖地。叶子出门,阿婆骂她是贱货,简直玷污了这绿绿的草;一群小孩子向她身上撒土坷垃,扔烂菜叶子,甚至,往她晾晒的衣服上撒尿。叶子不知道,平时和蔼可亲的阿婆咋会骂出那么肮脏的话?本来天真无邪的孩子,咋会做出那恶毒的事?

叶子望着河水,水面上有鸟儿飞过。鸟儿多自由啊,想飞到哪儿就飞到哪儿！叶子痴痴地，看着鸟儿掠过水面，飞向天空，又杳无踪迹。

河水漫过叶子的膝盖。叶子看向远方，水天相接，白茫茫的一片，没有岸。河水漫过叶子的腰，胸口，叶子感觉到了窒息。或许，死了才会解脱，才不会痛苦吧！

痛。痛。痛。腹部的疼痛开始蔓延，一阵比一阵强烈，最后蔓延到她全身的每一个细胞。孩子！叶子呆滞麻木的眼睛瞬间回暖。叶子摸着肚子，惊慌地往回退。孩子，你千万不能有事！叶子脚步沉重，她一次次地扑倒在水中，又一次次地爬起来。叶子护住肚子，可为什么，她怎么也找不到岸？

不知过了多久。叶子浑身湿漉漉的，身旁的河水被染红。在重重的雾霭中，叶子拼命地拽住一缕光芒。

河水静止，虫鸣静止，叶子听到了婴儿的啼哭。

◀ 与孟皇姑相遇

那晚的月光很白。

我走出民宿，信步而行。

来这里旅游，我提前做了攻略。我知道乐至县报国寺始建于隋开皇二年（公元 582 年），距今已一千四百多年了，寺内有碑志、摩崖造像、大型卧佛、诸佛海会、建筑群等景点。我喜欢研究历史文化，冥冥之中，我感觉到了巨大的吸引力，让我不可抗拒地一直向前。

夜已深，灯火睡着了。我的身体轻飘飘的，如一缕刮过树梢的微风。我穿过一片片的苍翠，我不知道，我的眼睛为什么那么明亮，能把那苍翠看得如透视般清晰。我更惊讶的是，来到报国寺的门前，我的身体竟然飞了起来，呼地穿门而过。

我窃喜着向前，就听得一个声音幽幽道："你来了！"那声音似乎很远，但瞬间就飘到了我身边。

我震惊了一下，却没有害怕，那声音让我觉得莫名的熟悉。

"你是谁？"我停下来。

妈妈的味道

银白的月光下站着一名妇人，梳着朝天髻，身着月白广袖襦裙，身量纤瘦，气质高贵。

"我已等了你千年！"妇人微笑。

"等我？可我不认识你呀！"我蒙圈了。

"你怎么不认识我？你不是在研究我吗？"妇人款款走了几步，仪态大方优雅。

"你，你是孟皇姑？"妇人的话提醒了我，我在研究报国寺，对葬在寺里的孟皇姑格外地注意。

"是也不是！"妇人道。

是？还是不是？我虽然疑惑，可我知道，这世上的许多事，不是是和不是能解答的。

月光透过树的缝隙洒在妇人的身上，妇人突然道："如果能够选择，我真的不愿为皇室中人。皇室中人看着高高在上，可他们一出生，就注定会成为皇权斗争的牺牲品。"

我不解："你是后蜀皇帝孟昶的姐姐，是皇家的公主。当年，你为了保住孟昶的皇太子之位，带着还是孩子的孟昶到金龟山隐居，才有了后来孟昶的一切。你是皇权斗争的胜利者，怎么说是牺牲品呢？"

"明面上，我是胜利者，可实际上，参与皇权争斗的所有人，不都是牺牲品吗？"妇人的表情淡淡的，话语里有着看空一切的睿智。

"那是很多很多年以前——"妇人陷入了回忆。

"那是长兴元年（930年）九月，董璋举兵反唐，孟知祥也举兵响应。董璋是我的公爹，孟知祥是我的父亲。佛曰，世间万物皆有因果，一切皆需因缘和合。我只是个女人，我不懂，男人们为什么一定要追求霸业？我不懂，为了让黄袍加身就能随便挑起战火，把生命视如草芥？我不懂，这可是造反啊！听到消息的时候，我正在洛阳。每个皇帝对造反都特别敏感，后唐明宗对他们的造反就像预知了一样，提前就把董家和孟家的家人扣在了洛阳。董璋造反后，董家的307口人被斩首，我因为是福庆长公主的女儿，才得以幸免。长兴二年（931年），后唐明宗招抚孟知祥，孟知祥邀董璋一起向朝廷谢罪。董璋不从，率先攻打孟知祥的队伍，可是大败。董璋想让儿子董光嗣投降孟知祥，以保全家族。董光嗣毕竟是我的夫君，我父亲一定会看在我的分上给他一条活路的。可我夫君不干，他不愿杀死董璋给自己求活路。父子一同逃走了。董璋被士兵抓到杀死，我夫君也自尽了。董家只剩下了我一人，我不知道，我该怨恨谁！是明宗皇帝？是公爹董璋？是父亲孟知祥？我无处可去。我来到了金龟山隐居。或许这就是佛说的缘，我感受到了佛的召唤。我每日打坐诵经，听报国寺传来的晨钟暮鼓，我的心竟然安静下来。不久，我接来了弟弟孟昶。为了皇太子之位，弟弟时刻处在危险中，可我只是手无缚鸡之力的女子，我要保护弟弟，我又能怎么办？我只能日日念佛，祈祷佛祖保佑。"

"多亏了你，孟昶才有了后来的一切。可我更感兴趣的是，你竟然会医术，还救了不少百姓。可以跟我讲讲你的医术吗？"我说。我查阅了很多的资料，但有关孟皇姑的资料很少。

妇人的声音很轻："我会医术，这要感谢我的义妹，她叫锦心。连年战乱，百姓民不聊生。我在金龟山下设了粥棚，为百姓施粥。可还有不少百姓，染上了疾病，得不到及时医治，就那么死了。我眼瞅着，却无能为力。多亏了锦心。锦心的医术好，她就在我的粥棚旁边搭了棚子，免费给百姓看诊，可是看病的人太多，锦心忙不过来，我就给她打下手，就这样学会了医术。"

"我真羡慕你，一个皇家公主，活出了自己，真不容易！"我真心地说。

"不，你错了！皇家人有太多的羁绊！太多的身不由己！我宁愿做锦心！"孟皇姑突然吼道。

"锦心可以自由自在，想去哪里就去哪里；锦心可以追求自己的梦想，可以治病救人；锦心可以无牵无挂，活得潇洒肆意。"

我灵机一动："你就是锦心？"

"是也不是！"孟皇姑的身体突然变得虚幻，越过寺中的一个个景观，我怎么抓也抓不住。

"孟皇姑！"我大喊，然而，哪有孟皇姑的影子，只有皎洁的月光。

第二天，我游览了报国寺。让我惊异的是，我感觉报国寺的景观竟然那么熟悉，仿佛我曾经来过一般。在参观石棺的时候，我跪下磕了头。头是磕给孟皇姑的，我知道，孟皇姑就在其中的一个石棺里，安安静静的，但她一定看得见。

◀ 寻找风和

我抱着那把人头壶跌进了黑洞。

黑。

剧烈的疼痛让我清醒过来，伸手触摸，只有坚硬和冰冷。

恐惧让我发抖，我摸索着向前爬行。不知过了多久，我终于看到一丝亮光。我惊喜，疲惫的身体瞬间有了力量。我加快速度，向光亮爬去，可疼痛让我再次昏迷过去。

睁开眼，四周的一切都很陌生。这是什么房子？四面用石块垒起，房顶是木头横着，木头下面有几根柱子支撑，枯枝和杂草塞满了木头的空隙。门呢？房子竟然没有门？

我正疑惑，进来一个女孩。女孩穿着兽皮做的衣裳，胳膊和大腿都裸露出来，乌黑的长发垂到了臀部。

"饿了吧？"女孩问我，可没等我回答，女孩就点燃了木头，给石锅填上了水。

石刀一下一下，剁着不知什么动物，剁好后，连肉带骨，都扔进了石锅。

石锅、石刀、石板、石磙，还有穿兽皮的女孩，天，我来到了新石器时代？

我头痛欲裂，可我肯定，我的记忆是清晰的。

我抱着那把人头壶。

这是精致的红陶，工艺要比灰陶和黑陶好得多。对，我想起来了。这是仰韶，我在仰韶文化遗址参观。那把彩绘的人头壶，工艺精湛，人头向上微仰，目光平和，一下就俘虏了我的心。我惊奇，那个久远又神秘的年代，古人用怎样的智慧，制造出这么精致的彩陶？我去问度娘，一个名字瞬间蹦出来——风和。我心里突然有了一个念头，我要去找那个人，那个把仰韶文化发展和传承下来的人。潜意识里，我觉得风和这个名字很熟悉，或许，这把人头壶就是经他的手，捏打绘制出来的。

我抱着人头壶，欣赏着一只只的彩陶，脚却一下踩空，扑通，我跌入了一个黑洞。

醒来时，我才发现，我来到了新石器时代。我很兴奋，我要去寻找风和。

风和是谁？我明明觉得很亲切，我甚至闻到了熟悉的味道，可为何却记不得他的样子？我不认识风和，可内心里却有个声音在呼喊：一定要找到他。

"你知道风和吗？"我问女孩。

"我当然知道啊，他是我最崇拜的人！"

我愣住了。想不到，这么容易就听到风和的消息。我用力掐了下手臂。疼。

"你崇拜风和？"

"风和那么优秀，哪个姑娘不崇拜他啊！这，你知道的！"女孩红了脸，嗔道："你不会摔傻了吧？风和是你的未婚夫啊！"

"未婚夫？风和是我喜欢的人？"我喃喃着。

"天，你肯定是摔傻了！"女孩像是好久没有说话了似的，"昨天去打猎，你被狼追赶，摔下了悬崖，是风和把你救回来的。"

风和救了我？风和是我最亲的人？怪不得，风和的名字那么熟悉？怪不得，我的内心那么渴望找到风和？

我抱着那把人头壶，莫名地，我觉得上面的气息是那么熟悉。我冲出屋子，我要去找风和。

"你还赤着脚呢！"女孩在后面呼喊。

不知跑了多久，腿酸了，脚累了，我停下来。捧一捧河水，喝一口，是从没有过的清凉甘甜。河水映出了我的影子，我愣住了，我的身上穿着兽皮，只能勉强遮住重要部分，我的长发披散开来，脸颊上有一只鸟的图案。看来，我真的成了这个时代的女人。

这时，我看到一个和我同样穿着的女人，我急忙上前询问："你看到风和了吗？"

"风和在前面，在教大家种黍。"

我又跑了很久，看到大片的土地，人们正忙着种着什么。

我拉住一个中年男人："你看到风和了吗？"

"风和领着人去挖草药了。"

"风和认识草药？"

"是啊是啊，风和可救了我们的命呢！"

我走啊走，直到月亮都挂在了天上，我也没找到风和。

晚风袭来，一个大叔到河边汲水。

"你看到风和了吗？"我急切地问。

"风和在土窑里，正在教大家烧窑。"

我惊喜万分。

我奔向那土窑，老远我就感到一股热浪，热浪中夹杂着一抹熟悉的气息。

我向窑里张望，人们正在忙碌，我一眼就看到了他。他宽宽的肩膀，方方正正的大脸，眼睛炯炯有神，装着智慧，装着善良。我确定，他就是风和。

闻着那熟悉的气息，我心里激荡。他的身上沾满了灰尘，手上捏着红土。他很细心，正在教人们怎么把红土捏成人头壶的形状。

人头壶？想不到，人头壶要经过选土、制坯、彩绘和纹饰、烧窑等工序，说来简单，可一只只都要手工捏成。

我抚摸着我的那只人头壶，风和突然看向我。他看看我，又看看那只人头壶。我知道，他一定是认出了这把人头壶。

我张开双臂，扑向风和，可突然一声轰响，我被火光吞没。

当我睁开眼，怀里抱着一把人头壶。

我抚摸着他的眉，他的眼，他的鼻梁，我知道，他就是风和。

◀ 碎碎平安

　　马云霄正在过海关，一个声音悄悄地告诉他："你已经暴露，他们要剥了你的皮！快跑！"

　　马云霄一惊。他没有回头，也没有寻找是谁给他的报的信。他收起通关证明，快速地通过了关口。

　　马云霄绕了好几绕，没有发现后面有跟踪的人，才回了家。

　　暴露了，怎么办？

　　马云霄是他的化名，表面的职业是茶商。他是缉毒警察，在金三角的毒窝里卧底八年了。

　　住处也不安全了，马云霄用特殊的密码把情报发了出去。他剪断网线，拔下手机卡，扔了手机，切断了和外面的一切联系。

　　简单收拾了东西，把可能暴露的痕迹消除，马云霄戴了帽子和墨镜，背着一个普通的休闲包出了门。

　　走到小区门口，马云霄遇到了抓他的人，他压低帽檐，和他们擦肩而过。那伙人踹开房门，没找到人。这时有人意识到，他们要抓的人刚刚错过了，这伙人急忙下楼。此时，马云霄已经上了一辆出租车。出租车拐了几拐，在一家商场停下。马云霄换了衣服和帽子，来到了一家洗浴中心。洗浴中心来往人员复杂，躲在那里比较安全。幸好，情报发出去了，这让他安心了不少。

夜里，马云霄离开洗浴中心，悄悄地来到了一个废弃仓库。仓库里有个地下室，马云霄可以安心地在这躲藏几天。

紧张的情绪放松下来，马云霄睡了过去。

"圆圆！"马云霄向女儿跑过去。

"我不认识你！"女儿从他身边走过去，他伸出的手僵立在空中。

家中。

马云霄问女儿："你为什么不认爸爸？你不喜欢爸爸了吗？"

女儿委屈地看着他："你不是说，在外人面前，我们要装作不认识吗？"

马云霄惊醒。

八年了，为了妻子和女儿的安全，他忍着刻骨的思念，不敢和家里联系。他离开的时候，女儿才六岁，现在应该长成大姑娘了，可女儿是什么模样，他一无所知。他在脑海里想象着女儿的样子，嘴角露出笑意。

女儿像娘。马云霄恍惚着看到妻子坐在他身边，给他戴上一枚绿色的平安扣。妻子的眼光很温柔：愿你岁岁平安！

马云霄摸向胸前。那块翠玉的平安扣带着他的体温，被他千万次地抚摸，变得越来越光滑，

平安！他一定要平安回去！

七天后，马云霄离开了地下室。他没有了水，没有了食物。他不能在一个地方待着。他要想办法联系组织。

马云霄胡子拉碴，形象大为改变，可马云霄还是发现身后有尾巴。马云霄一副若无其事的样子，靠近旁边的水果摊。瞬间，马云霄抓起割西瓜的水果刀，向尾巴冲去。马云霄是警察，经过训练，一般的小喽啰不是他的对手。马云霄打伤了小喽啰，可也暴露了行踪。很快，马云霄就被包围了。

黄天涯被一帮兄弟簇拥，叼着他惯用的黄金烟斗，威风凛凛，气势十足。

黄天涯就是马云霄卧底的贩毒组织的头目。

瞬间，剑拔弩张，杀气暗涌。

黄天涯是个狠人。马云霄亲眼见过黄天涯是怎么对付背叛他的人的。黄天涯有个专门惩罚人的囚室，马云霄亲眼见到，黄天涯割掉囚犯的鼻子，眼都不眨；挖掉囚犯的眼睛，用脚当球踩；把大量的毒品注射给囚犯，让囚犯受尽折磨而死。

马云霄很清醒。他知道自己要是被抓住，必定会被残忍地折磨。他已经抱定了必死的决心。

马云霄举着滴血的水果刀，眼神冰冷。面对强敌，他退无可退。

马云霄身体素质好，拳脚功夫不错。但黄天涯身边的人，也都不是善茬。以寡敌众，马云霄很快挂了彩。

马云霄强撑着，他知道，他只要一松气，就必死无疑。马云霄拼了命，拿水果刀刺向黄天涯。马云霄知道，擒贼先擒王，制住黄天涯，他才有一线生机。

黄天涯摸爬滚打这么些年，能成为贩毒组织的老大，自然不是弱者。别看黄天涯身体肥胖，动作却十分灵活，而且每一拳，每一腿，都力量十足。

　　你来我往，马云霄倒下又爬起。他浑身伤痕累累，完全成了血人。黄天涯也没捞着好，也受了伤。

　　就在马云霄要支撑不住时，队友们来接应他了。原来马云霄失去联系后，上级通过各种渠道寻找他。终于在这紧要关头，找到了他。

　　"撤！"黄天涯不知道来了多少警察，他必须保存实力。黄天涯不甘心。先前，黄天涯没把马云霄放在心上，想慢慢地玩，可现在嘛——

　　黄天涯掏出手枪，目光狠厉，对准马云霄。马云霄只觉得胸部一痛，倒了下来。

　　"注意，毒贩手中有枪！"看到队友们来接应，马云霄绷紧的神经瞬间放松，一下晕了过去。

　　队友们一路追击，幸好，只有黄天涯一人带了枪，队友们追了好几里地，才把这伙毒贩全部抓获。

　　马云霄伤痕累累，但多是皮外伤，很快就醒来了。这时马云霄才知道，他很幸运，是他胸前的那块翠玉平安扣挡住了黄天涯射向他的子弹，玉碎成了两半。

　　马云霄泪流满面。他颤抖着手，给那个八年未敢拨通的号码发去信息：老婆，我安全了。

◀ 测谎石

清朝乾隆年间，在北方平原地区，有许多奇人异士隐藏在民间。其中有一独眼道人，道行高深，行踪无定。传说他有一块测谎石，只要在说话时用一只手摸着测谎石，它就能知道所说的话是真话还是假话，如果说的是真话，就什么事都没有，若说的是谎话，那就会莫名其妙地挨打。

这些传说，柳如意并不相信，直到他真的遇见那位独眼道人。

话还得从柳如意赶考回乡说起。

柳如意是柳家湾人，父亲早逝，是寡母把他拉扯大，家里一贫如洗，只有两间茅草屋暂可遮蔽风雨。为了上京赶考，母亲没日没夜地为人缝缝补补做佣工，才勉强凑够了银子。可天不遂人愿，柳如意落榜了。柳如意觉得对不起母亲，他想弃学从商，等赚了钱再回去，可

想一想，离家有一年了，母亲说不定怎么惦念他呢，他就改变了主意，决定先回去看望母亲再做打算。

这一天，柳如意走到了高家店，天色已然暗了下来。本来应

该在高家店歇宿的，可柳如意的身上只剩下了几个铜板，想想还是算了吧，再坚持一天，明晚就应该到家了。

想着离家越来越近了，柳如意禁不住有些兴奋。他已经一天没吃东西了，肚子早就咕噜咕噜地抗议了。为了增加点力气，柳如意摸出铜板，买了两个窝头。

有了窝头垫底，柳如意加快了脚步。

夜半时分，柳如意走出了高家店，到了马家窝棚。

前面是宽阔的坟地，为了壮胆，柳如意唱起了歌。

月上中天，柳如意又困又累，可走来走去，却始终是在坟圈子里兜圈子。

柳如意走了半宿，实在是累极了，就一屁股坐了下来，昏睡了过去。等柳如意睁开眼，太阳已经出来了，而他正趴在一座墓碑上，怀里还抱着一束野菊花。

柳如意非常惊异，他记得昨晚，墓地上到处都是荒草，根本没有野菊花。而且，野菊花基本上都是黄色或者白色，可他怀里的野菊花却是外紫里红，花蕊更是红彤彤的，开得灿烂，红得妖艳。

不知怎么，柳如意的心疼了一下，他也没多想，就用衣服把野菊花包住，抱回了家里。

柳如意把他住的屋子收拾了一下，就把那束野菊花栽在了一个泥盆里。

夜半，柳如意忽然被哭声惊醒，他睁开眼睛，却见一个紫衣姑娘跪在他面前，低声地啜泣。

"你是谁？"柳如意一下子坐了起来。

"公子别慌，我虽然是鬼，但我不会害你。"姑娘抬起头来，竟然明眸皓齿，肤如凝脂，美艳非常。

柳如意盯着姑娘，竟然有些痴了。

"我叫紫婵，此番是求公子帮紫婵申冤的。"

原来，紫婵是嘉兴人，跟随父亲卖唱为生。那一日，父女俩来到了高家店，在集市上摆开了场子。父亲的琴弹得出神入化，紫婵的歌喉娓娓动听，不一时就招揽了许多客人。不承想，镇上的黄大善人看中了紫婵的美貌，诡言请父女俩去府中唱曲，把父女俩诓到了府中，

强行要纳紫婵为妾。老父气不过，拿琴去打黄大善人，被黄大善人一脚踢翻在地，几个恶仆上来对老父一顿毒打。紫婵眼看受辱，怒骂一声："恶贼！一定会有报应的！"，一头撞向厅前的石柱。眼看紫婵血流一地，已是气绝，黄大善人一不做，二不休，竟然活活打死了老父，把他们的尸体扔到了井中。他们成了孤魂野鬼，无法托生。幸好他们的尸体在被投入井中时，遇到了一位独眼道人，道人收起了紫婵的魂魄，让紫婵的魂魄附于菊花之上，让紫婵等待有缘之人。

"原来姑娘的身世这般可怜，可我一介书生，怎么才能帮姑娘申冤呢？"

"用这个。"姑娘掏出一块鹅蛋大的石头，光滑如镜，鲜红如血。

"这叫测谎石。只要说话的人手摸着它，所说的话是真是假，立马分辨。"

第二天，柳如意来到县衙击鼓鸣冤。

县令见柳如意告的是黄大善人，打哼哼道："捉贼捉赃，捉奸捉双，你一无苦主，二无证据，只凭你一面之词，我怎能妄下断语。"

"老爷，我这有测谎石，只要你让黄大善人当堂对质，是非黑白，定能水落石出。"

"那，好吧。"县令无奈，只好传黄大善人上堂。

"黄大善人，有人告你强抢卖唱女子，逼其做妾，女子不从，撞柱身亡，可有其事？"

"没有的事。青天大老爷，冤枉啊！"

"啪，啪，"两声脆响，黄大善人的两边脸立刻肿了起来。

"女子自尽后，女子的父亲是不是被你打死？"

"没有。老爷，我没打死人呢。"

"咣——"黄大善人的额头鼓起了鹅蛋大的包。

"天，这石头真的能测谎！"县令惊异不已，走下堂来。

"你是不是把父女俩的尸体抛进了井中？"

"没有哇，老爷。"话音刚落，黄大善人就嗷的一声，屁股立刻肿成了两个圆球，趴在那里，起不来了。

"老爷，我招，我招——"

根据黄大善人的招供，衙役在井中找到了父女俩的尸体，柳如意见那女子，眉目鲜亮如新，一袭紫衣，正是紫婵。

柳如意罄其所有，买了两口棺材，把父女安葬了。

往回走时，一独眼道人拦住了柳如意："我的东西，我要收回了。"

道人把测谎石揣在怀里，唱道：天理路上宽，人欲路上窄。是是非非，非非是是——

十六年后，柳如意得中状元，娶了朝中大臣额敏之女。

新婚之夜，柳如意挑起新娘的盖头，不由得惊呆了。新娘貌美如花，竟和紫婵长得一模一样。